Jörg und Lucrezia Wenzler

Nacht in den Bergen

AF282408

JÖRG WENZLER ist eine Art »Hans Dampf in allen Gassen« des Theaterbetriebs. Studiert hat er in Hannover (Sozialwissenschaften, abgebrochen) und Berlin (Gesang/Musiktheater), eine Schauspiel- und Bühnenregieausbildung absolvierte er in New York, war Mitinhaber einer Schule für Bühnentanz und Theater in Straßburg und kehrte von dort vor Jahren in seine Heimat am Rande des Schwarzwalds zurück. Hier war er lange Zeit in vielen Funktionen am Theater tätig und leitete mehrere Chöre. Er gibt Gesang- und Schauspielunterricht, schreibt Musikkritiken und anderes und genießt mit Frau und Tochter das nicht immer einfache Dasein eines Mehrfachbegabten.

LUCREZIA WENZLER geht mittlerweile (Nov. 2023) in die zehnte Klasse der Schwenninger Waldorfschule: „Ich lese für mein LEBEN gern und habe schon früh angefangen, mir Geschichten auszudenken und aufzuschreiben. Außerdem spiele ich Klavier und Orgel, betreibe Judo und verbringe gerne (sic!) Zeit mit meinen Eltern.“

Jörg und Lucrezia Wenzler

NACHT IN DEN BERGEN

Ein Weihnachtsgeschichtenalmanach

Herstellung und Verlag: BoD – Books on Demand,
Norderstedt

Bibliografische Information der Deutschen Nationalbibliothek:
Die Deutsche Nationalbibliothek verzeichnet diese Publikation
in der Deutschen Nationalbibliografie;
detaillierte bibliografische Daten sind im Internet über
http://dnb.dnb.de abrufbar.

© 2023
Jörg und Lucrezia Wenzler

ISBN: 978-3-7583-1745-3

Für Claudia

I

Schwer atmend, mit rasendem Herzklopfen blieb er stehen. *O là là,* den Weg durch die Berge hatte er sich einfacher vorgestellt. Nein, in Bestform war er wirklich nicht mehr. Zum Glück hatte er vor einem guten Jahr aufgehört, zu Rauchen, sonst hätte er es sicher nicht einmal bis hierher geschafft. Nur langsam beruhigten sich Atem und Herzschlag. Er drehte sich um und blickte den Weg zurück, den er gekommen war. Weiß. Alles war weiß. Merde. Wer hätte auch ahnen können, dass das Wetter so schnell umschlagen würde? Na, er auf jeden Fall nicht. Die Berge waren absolut nicht seine Welt, und mit ihren Gesetzmäßigkeiten kannte er sich nun einmal nicht aus. Noch an diesem Morgen war es lediglich trübe und kalt gewesen. Und dann war innerhalb weniger Stunden überraschend der Winter eingebrochen. Und was für ein Winter! Er seufzte. Im tiefen Schnee konnte er die beinahe schnurgerade Linie seiner Fußstapfen erkennen, die sich weiter unten im Dunst verlor. Die Berge, diese verdammten Berge hatte er ganz gewaltig unterschätzt. Der Aufstieg entlang des *Gave d'Arrens* hatte sich als wesentlich steiler erwiesen, als es von unten den Anschein gehabt hatte. Selber schuld. Er hätte den Weg ja vorher einmal gehen können, dann wäre er besser vorbereitet gewesen. Oder zumindest hätte er eine Vorstellung davon gehabt, was ihn erwartete.

Die Tragriemen seines Rucksacks drückten schwer auf seine Schultern. Auch ein Problem, dass er nicht hatte vorhersehen können. Ja, gut, der Tipp von Louis war wie gewohnt ganz ausgezeichnet gewesen. Im Tresor der *Banque Populaire* in Pau hatten sich tatsächlich zwei Millionen Euro befunden, die er nur hatte einpacken müssen. Dummerweise hatte Louis ihm nicht gesagt, dass diese zwei Millionen aus zu handlichen Paketen abgepackten Hundertern und Fünfziger bestanden, und die machten sich nun mit ihren gut dreißig Kilo Gewicht auf seinem Rücken deutlich bemerkbar.

Außerdem hatte er längst keine Ahnung mehr, wo genau er sich überhaupt befand. Lediglich das zu seiner Rechten markant und gewaltig aus dem nebligen Dunst emporragende *Balaïtous*-Massiv zeigte ihm, dass er noch immer in die richtige Richtung marschierte. Gut, eigentlich müsste es ja einfach sein, den Weg zu halten, denn schließlich befand er sich am Grund eines Einschnitts, der direkt auf die Passhöhe des *Port de la Peyre Saint-Martin* zuführte. Zumindest hatte er sich das so gedacht. Dummerweise verlief der Weg, wenn er in diesem verdammten Schnee denn überhaupt einmal zu erkennen war, eben nicht am Talgrund, sondern oft auf halber Höhe am Berghang. Zumindest fühlte es sich so an, denn zu sehen war ja nun wirklich nicht viel. Letztendlich war das, was er hier durchlitt, eine einzige Schinderei im knie- bis hüfthohen Schnee, während gleichzeitig der Wind kalt und schneidend durch die einsame Bergwelt pfiff. Wenigstens hatte er bei seinen Vorbereitungen daran gedacht, sich mit warmer Kleidung zu versehen, sonst wäre er sicher längst erfroren.

Er seufzte, rückte seine gefütterte Kapuze zurecht, dann ging er weiter. Nach wenigen Minuten wurde der unaufhörliche Tanz der Schneeflocken im Wind wieder dichter. ›Gut‹, dachte er, ›das wird hoffentlich die Spuren verwischen.‹ Und tatsächlich: Als er sich noch einmal umdrehte, waren seine Spuren kaum noch zu erkennen. Dummerweise sah er aber auch kaum weiter als zwanzig Schritte, und die Mischung aus dichtem Schneetreiben, weiß verschneiter Landschaft und einsetzender Dämmerung sorgte zuverlässig dafür, dass er innerhalb kürzester Zeit vollständig die Orientierung verlor.

Zu allem Unglück gab plötzlich der Schnee unter ihm nach, und mit Karacho sauste er den Hang hinab, durchschlug eine Eisdecke und landete mit einem gewaltigen Platsch in eisigem Wasser. Sein Atem stockte, als die stechend kalte Nässe durch seine Kleidung drang und seine Haut berührte. Jacques Benoît aus Nîmes, bekannt für seine ausgeklügelten Bankeinbrüche (zuletzt überaus erfolgreich in die Hauptstelle der *Banque Populaire Aquitaine Centre Atlantique* in Pau), die er grundsätzlich mit Hilfe minutiös geplanter und professionell ausgeführter Tunnel durchführte, wofür er in einschlägigen Kreisen unter dem Namen *Jacqot le taupe* bekannt war, hatte sich nicht nur in der wilden Gebirgswelt der Pyrenäen verirrt. Er war obendrein im größeren zweier Bergseen namens *Lacs de Remoulis* eingetaucht und bis auf die Haut durchnässt.

Prustend und bibbernd kletterte Jacques aus dem Wasser und setzte sich in den Schnee. Glücklicherweise war der See nicht besonders tief, sonst hätte der schwere Rucksack ihn höchstwahrscheinlich hinabgezogen und ertränkt. Doch durchnässt wie er war, drohte er nun, zu erfrieren. Er musste dringend einen Unterschlupf finden, sonst war es aus mit ihm. Jacques zitterte, als er mühsam aufstand und sich den Hang hinaufarbeitete. Zurück konnte er nicht, denn der Weg, den er genommen hatte, führte durch nichts als einsame Bergwelt. Er musste weiter, in der Hoffnung, eine Hütte oder so etwas zu finden, wo es warm und trocken war. Auf jeden Fall musste er in Bewegung bleiben, um nicht zu erfrieren. Schlotternd vor Kälte raffte Jacques sich auf und stapfte durch den Schnee, immer weiter, der Passhöhe entgegen.

II

Josep betrachtete Mireia voller Sorge. Sie schlief sehr unruhig, atmete schwer, stöhnte immer wieder, und ihr Gesicht war nass vom Schweiß. Was sollte er nur tun? Er konnte sie unmöglich zurückbringen, über den Pass, auf keinen Fall, nicht bei dem Schneesturm, der dort draußen tobte. Er blickte sich in dem kleinen Raum um. Es war eine einfache Schutzhütte, wie sie hier in den Pyrenäen häufig anzutreffen waren. Eigentlich eher so etwas wie künstliche Höhlen, dienten sie ursprünglich Hirten als Unterstand, wenn das Wetter umschlug. Beinahe wie ein Hünengrab sah dieser *abri* von außen aus. Mit gewaltigen aufeinandergeschichteten Monolithen und grob gemauerten Wänden. Sonst nichts. Gut, wenn man es recht bedachte, war ihre Zuflucht erstaunlich komfortabel ausgestattet, mit einer einfachen, klapprigen Holztür und einem rostigen, aber funktionsfähigen Ofen mit einem Rauchabzug. Sogar ein Stapel Holz hatte bereit gelegen, und so hatte Josep sofort ein Feuer gemacht. Inzwischen roch es in dem steinernen Raum zwar ziemlich nach Rauch, denn der Sturm pfiff immer wütend durch den krummen Kamin, was den Rauchabzug stark beeinträchtigte. Aber dafür, dass sie sich in einer primitiven Schutzhütte im Gebirge auf über zweitausend Metern Höhe inmitten eines Schneesturms befanden, war es beinahe angenehm warm. Es gab nun einmal Situationen, da mussten alle Ansprüche zurückgeschraubt werden.

Immer wieder, wenn ein heftiger Windstoß gegen die Wände anblies, also eigentlich dauernd, klapperte die Holztür, als würde sie gleich zusammenbrechen. Doch sie hielt, und Josep fühlte sich beinahe sicher und geborgen. Nur Mireia machte ihm Sorgen. Warum nur hatte er ihr nachgegeben und war mit ihr in ihrem Zustand auf den Pass gestiegen? Allein der Gedanke war schon Wahnsinn: hochschwanger im Gebirge herumzuwandern. Er hätte sie zurückhalten müssen, hätte sie davon überzeugen müssen, wie gefährlich ihr Vorhaben war. Doch wenn Mireia sich irgendetwas vorgenommen hatte, war nichts und niemand imstande, sie davon abzubringen. Sie hatte den Dickschädel und das Durchsetzungsvermögen eines dieser kleinen zähen Esel, die sogar heute noch in den Gebirgsdörfern der Pyrenäen als zuverlässige Arbeitstiere benutzt wurden. Und sie hatte eben genug davon gehabt, in diesem *refugio*, dieser Berghütte für Wanderer auf der spanischen Passseite festzusitzen, die sie den Winter über bewirteten, oder eigentlich eher bewachten, denn bisher war noch kein Gast in die Einsamkeit der winterlichen Bergwelt vorgedrungen. Deswegen hatte es Mireia eben nach draußen gedrängt, an die frische Luft. Sie wollte »die Freiheit atmen«, wie sie es nannte.

»Stell dich doch nicht so an, *meu amor*«, hatte sie gesagt. »Es ist lediglich ein kleiner Spaziergang, und das Wetter ist herrlich.«

War es ja auch gewesen, das Wetter. Herrlich, ja. Zunächst einmal. Drüben, auf der anderen Seite. Die Sonne hatte geschienen. Aber hier, in *França*, waren sie dann urplötzlich von einem Schneesturm überrascht worden. Zu allem Unglück war Mireia gestürzt, hatte sich am Knöchel verletzt, und sie konnten nicht mehr zurück. Glücklicherweise hatte der alte Joan, der dritte Hüttenwächter, ihnen, bevor sie losgegangen waren, von dieser Schutzhütte erzählt.

»Joan, was bist du für ein elender Angsthase«, hatte Mireia ihn verspottet. »Wir gehen einfach nur mal so kurz über den Pass und kommen dann sofort wieder zurück. Ein, zwei, vielleicht drei Stunden, länger dauert das nicht. Sei ehrlich: Wozu brauchen wir da eine Schutzhütte?«

Jetzt war zumindest er heilfroh über die Geschichten und Ratschläge des Alten. Er, Josep, kam aus Barcelona, er war ein Stadtmensch, durch und durch. Vom Leben im Gebirge und den damit verbundenen Gefahren hatte er nicht die geringste Ahnung. Woher auch?

Mireia hingegen stammte aus Villanúa, einem kleinen Pyrenäennest mit gerade mal ein paar hundert Einwohnern. Eine echte »Gebirgsziege«, eine *cabra de muntanya,* wie sie sich nannte. Sie war im Gebirge groß geworden, sie wusste über die Lebensumstände Bescheid, und wenn so jemand sagte: »Hoch zum Pass und wieder runter, das schadet mir nicht, auch wenn ich schwanger bin. Stell dich nicht so an, ich weiß, was ich tu« ... *déu meu,* was hätte er dem entgegensetzen können?

Und jetzt saßen sie hier in diesem Loch und kamen nicht mehr weg. Ein Mobiltelefon hatten sie auch nicht dabei. Aber das hätte ihnen ohnehin nichts genützt, denn hier oben gab es Berge, Schnee, Wind und Wetter, alles, nur eben kein Netz.

Josep zuckte zusammen, als Mireia laut stöhnte. Was, wenn sie ihr Kind hier oben, in dieser Andeutung einer Schutzhütte zur Welt bringen würde? Kein Arzt, keine Hebamme, er allein als einzige Unterstützung? Er, der schon in Ohnmacht zu fallen drohte, wenn sich jemand in seiner Gegenwart in den Finger schnitt. Eine Katastrophe wäre das. Ein absolutes Desaster!

Wenn nur Joan mitgekommen wäre. Als alter Veteran der Bergwacht, der *rescat de muntanya,* wüsste er sicher, was zu tun wäre, wie man Mireia trotz verletztem Knöchel wieder nach drüben in ihr Winterquartier bringen könnte. Joan wusste wirklich alles, was für das Leben in den Bergen wichtig war, und wenn man seinen Erzählungen trauen konnte, hatte er sogar schon mehr als ein Kind unter den abenteuerlichsten Bedingungen zur Welt gebracht. Zumindest behauptete Joan das regelmäßig nach dem sechsten, siebten oder achten Glas Anis.

Plötzlich ruckelte es an der schiefen, klapprigen Holztür. Jemand versuchte ganz offenbar, hereinzukommen. Josep sprang auf und zog kräftig am Griff, woraufhin die Tür dann auch nachgab und sich mit laut protestierendem Quietschen nach innen öffnete. Ein kalter, von Schneeflocken erfüllter Windstoß drang in den *abri* ein und vertrieb in Sekundenschnelle die von dem kleinen Feuer so mühsam erzeugte Wärme. Gleichzeitig drängte sich ein mittelgroßer, in vor Nässe triefender Kleidung gehüllter, am ganzen Leib zitternder Mann in den kleinen Raum.

»Bonsoir«, sagte er mit heiserer Stimme, während er begann, den Schnee von seinem Körper abzuklopfen. »Mein Name ist Jacques, und ich hoffe, ihr habt nichts dagegen, wenn ich mich bei euch ein klein wenig aufwärme.«

14

III

Unentwegt stapfte Pol durch den tiefen Schnee. Er war wütend, richtig sauer war er. Na ja, so sauer, wie Pol eben sein konnte, denn eigentlich verfügte er über einen äußerst gutmütigen und ausgeglichenen Charakter. Wobei er gleichzeitig von eher robustem, beinahe bedrohlichem Äußeren war, letzteres vor allem dann, wenn man ihm in der Dämmerung im Wald begegnete: Groß und breit, mit wild wucherndem, dunklem Haar und einem zottigen Bart, der bis auf seine Brust reichte, glich er einem wilden, höchst gefährlichen Waldmenschen. Seine Stimme war entsprechend tief und brummig, was auch daran liegen mochte, dass er sie eher selten benutzte, denn als ausgeprägter Einzelgänger mied er den Umgang mit anderen Menschen und beschränkte diesen auf ein wirklich unumgängliches Minimum. Dennoch geschah es hin und wieder, dass er bei diesen seltenen Begegnungen enttäuscht wurde. Und so war es auch dieses Mal wieder gewesen, mit diesem *francès*. Dieser Idiot hatte Felle bei ihm bestellt, dazu ein Zwölfender-Hirschgeweih. Was Pol etwas befremdlich vorgekommen war, denn eigentlich war ein Hirschgeweih doch eine Jagdtrophäe, die sich ein Mann dadurch verdiente, dass er den Hirsch aufspürte, verfolgte, stellte und eigenhändig tötete, um schließlich das Geweih stolz als Zeichen seiner Männlichkeit zu präsentieren. Diese Sichtweise mochte vielleicht etwas archa-

15

isch sein, auch wenn Pol nicht gewusst hätte, was dieses Wort bedeutet – Worte waren ohnehin nicht seine besten Freunde –, doch für Pol war sie selbstverständlich, und er hatte keinerlei Schwierigkeiten, sie gutzuheißen. Aber eine solche Jagdtrophäe zu kaufen und sie dann womöglich im Salon einer protzigen Villa aufzuhängen, um mit der unverdienten Trophäe zu prahlen – allein den Gedanken fand Pol absurd. Ganz davon abgesehen, dass es verdammt sperrig war, dieses Geweih, wenn man es über verschneite Gebirgspfade zu tragen hatte. Er hatte es auf den Rücken geschnallt, um die Hände frei zu haben. Ständig zog es ihn nach hinten, schlug gegen seinen Kopf, stach ihn mit den Spitzen der Enden. Pol war sich gar nicht bewusst gewesen, wie spitz diese Geweihenden sein konnten!

Und dann hatte dieser Kunde es so entsetzlich eilig gehabt und auf ›schnellste Erledigung seines Auftrags‹ gedrängt. Aber wer war dann zum vereinbarten Treffen gar nicht erst aufgetaucht? Gut, Pol hatte keine Probleme damit, wenn sich so ein Geschäftspartner verspätete. Er war nun einmal in einer Branche tätig, die es mit sich brachte, regelmäßig von Polizei, Wildhütern oder Zöllnern behindert zu werden, da war es völlig selbstverständlich, dass nicht alle Abläufe immer vorhersehbar waren. Natürlich wurde unter diesen Voraussetzungen Pünktlichkeit zu einem sehr dehnbaren Begriff, aber dieser *francès* hatte sich nicht einfach so verspätet, nein, er war gar nicht erst aufgetaucht! Pol war kurz vor der vereinbarten Uhrzeit am Treffpunkt angekommen, und zwar als Erster, denn die frische Schneedecke war absolut unberührt. Also hatte er gewartet. Drei geschlagene Stunden lang. Und nein, er hatte grundsätzlich keine Schwierigkeiten zu warten. Bei der

16

Jagd brauchte er auch viel Geduld, denn nur allzu oft kam es vor, dass er stundenlang auf dem Ansitz saß.

Aber auch nach diesen endlosen, eiskalten drei Stunden war der *francès* nicht aufgetaucht, und langsam musste Pol daran denken, wieder zurückzukehren auf die spanische Seite der Berge. Mittlerweile war das Schneetreiben immer dichter geworden, so dicht, dass er keine zehn Meter weit sehen konnte und es eigentlich nicht sehr ratsam erschien, den Pass zu überqueren. Aber er war in den Bergen geboren und aufgewachsen, hatte sie niemals für längere Zeit verlassen. Er kannte sich hier aus, wusste, was er wagen konnte. Darum dachte Pol nicht lange nach, sondern packte sein Bündel mit Fellen und Geweih und ging den Weg zurück, den er drei Stunden zuvor gekommen war.

* * *

Pol gab auf. Nein, dieser Steig war sogar für ihn unpassierbar, dazu blies der Wind zu stark und die Schneeverwehungen waren bei Weitem zu hoch. Und der wirklich schwierige Anstieg lag noch vor ihm. Nein, er musste umkehren und den Weg über den *Peyre Saint-Martin* nehmen, alles andere war undenkbar. Ja, natürlich war das ein Umweg, und er würde es niemals bis nach Hause schaffen, aber am *Peyre Saint-Martin* gab es einen vergleichsweise gut ausgestatteten *abri,* dort konnte er übernachten und dann am anderen Morgen weitergehen. Bis dahin, hoffte er, sollte sich das Wetter beruhigt haben. Außerdem musste er dieses verflixte Hirschgeweih loswerden. An seinem Rückweg hinunter zum Abzweig, der hinauf zum *Peyre Saint-Martin* führte, gab es eine kleine *gruta,* eine Grotte, wo er es verstecken konnte. Pol stieß ein brummiges Lachen aus.

Verstecken vor wem? Erstens kannte kaum jemand diesen Steig, zweitens würde in diesem Winter ohnehin niemand hier entlang gehen. Und drittens: Wer hatte schon Verwendung für ein Zwölfender-Geweih, das er nicht eigenhändig erjagt hatte?

Er drehte um und stieg denselben Weg wieder hinunter, den er gerade eben gekommen war. Verdammter Mist. Der Schnee fiel so dicht, dass seine Fußspuren schon wieder zugeschneit waren. Also musste er sich einen neuen Pfad bahnen. Hoffentlich fand er in diesem Schneetreiben die *gruta,* er konnte ja kaum die Hand vor Augen sehen. Aber nach einigen hundert Metern erkannte er mit etwas Mühe zu seiner Linken einen Felsüberhang. Das musste es sein. Er ging Schritt für Schritt darauf zu, immer bemüht, nicht über einen der unter dem Schnee verborgenen Felsbrocken zu stolpern. Das hätte ihm noch gefehlt, sich bei diesem Wetter und in dieser Kälte einen Knöchel zu zerren oder gar zu brechen. Das hieße dann *adéu estimat* Pol, und darauf konnte er nun wirklich gut verzichten. Langsam tastete er sich zu dem Felsvorsprung vor. Als er ihn schließlich erreichte, nahm er das Geweih ab und schob es in die kleine *gruta,* bis es nicht mehr zu sehen war. Zufrieden seufzte er. Jetzt würde er sehr viel schneller vorankommen. Die Felle würde er keinesfalls hierlassen, dazu waren sie zu wertvoll. Außerdem könnten sie ihm in der Schutzhütte dienlich sein. Er schulterte sein Bündel, stieg vorsichtig wieder hinab zu seinem Steig und ging weiter, bis er den Abzweig zum *Peyre Saint-Martin* erreichte. Ohne anzuhalten bog er auf den neuen Weg ein, der genausowenig erkennbar war, wie der Steig, auf dem er gerade umgekehrt war. Energisch bahnte er sich seinen Weg durch die Schneemassen.

IV

Josep war der Schreck immer noch anzusehen, als er beiseitetrat und den schmalen Eingang für den bemitleidenswert wirkenden Fremden freigab.

»Bitte, treten Sie ein«, sagte er in seinem etwas eingerosteten Schulfranzösisch.

Jacques folgte der Einladung und schloss dankbar lächelnd die Tür hinter sich. Er sah sich in der kleinen, einfachen Schutzhütte um. Das also war ein *abri*. Mit knapp zehn Quadratmetern war es größer, als er erwartet hätte. Die Wände aus nacktem Stein, rechts und links sowie als Dach drei gewaltige Monolithen, die beiden anderen Wände aus Natursteinen aufgemauert. Keine große Handwerkskunst, aber sie erfüllten ihren Zweck. In einer dieser gemauerten Wände war die schiefe Tür, durch die er eingetreten war und ein kleines Fenster, ohne Glas, nur mit einem hölzernen Laden verschlossen. Der unebene Boden war zum Teil aus Stein, zum Teil aus gestampfter Erde. In der linken hinteren Ecke stand ein alter, rostiger Kanonenofen, durch dessen Tür die Glut eines Feuers schimmerte. Ein Ofenrohr verschwand in einer Art Kamin in der gemauerten Rückwand. An dieser war etwa bis zur Hälfte in zwei Reihen Feuerholz gestapelt, genügend, um damit einige Tage zurechtzukommen, wobei Jacques sich unwillkürlich fragte, wer wohl dieses Holz den ganzen Weg hier herauf getragen haben mochte, denn die Baumgrenze lag weit unter ihnen. Über dem Ofen hingen zwei Holzstangen, an denen nasse Kleidung zum Trocknen aufgehängt werden konnte. Außerdem hing dort eine etwas verbeulte Petroleumlampe, die ein eher dämmeriges Licht verbreitete. An der rechten Wand standen ein einfaches Regal und ein ebenso einfacher wackliger Tisch.

»Mein Name ist Jacques«, sagte er. »Wir können gerne spanisch reden, wenn ihr das bevorzugt. Und angesichts der etwas außergewöhnlichen Situation schlage ich vor, dass wir uns duzen.«

Jacques betrachtete die beiden aufmerksam. Ein junger Mann, höchstens Anfang zwanzig, dünn, braune Haare und ebensolche Augen, die mit unschuldiger Naivität in die Welt blickten und die nur langsam den Schrecken verloren, den er gleich von Anfang an wahrgenommen hatte. Schützend stellte er sich vor die junge Frau, die neben dem Ofen schlafend am Boden lag. Sie wirkte auf den ersten Blick zäher, härter als der Junge, eher wie jemand, dem das Leben schon die eine oder andere Lektion abverlangt hatte. Ihr langes, schwarzes Haar benötigte dringend einen Kamm. Es umrahmte ein ovales, ebenmäßiges Gesicht, mit scharfen Zügen, aber nicht unattraktiv. Der rechte Fußknöchel des Mädchens war behelfsmäßig bandagiert. Und sie war unübersehbar hochschwanger. Was hatte diese beiden nur hierher verschlagen? Zum Glück hatte er seinen Rucksack draußen neben der Hütte im Schnee versteckt, als er den Rauch des Ofenfeuers gerochen hatte. Nur ganz leicht war der Geruch, denn der Wind verteilte den Rauch so schnell, dass er kaum wahrnehmbar war. Jetzt musste er nur noch trockene Kleider finden. Die des Jungen wären ihm wahrscheinlich zu eng, dürr wie der war. Ansonsten hätte er ihn fertigmachen und sie ihm abnehmen können. Aber da war ja auch noch das Mädchen. Die schien zwar zu schlafen, aber das konnte sich jederzeit ändern.

»Gerne«, antwortete Josep. »Ich bin Josep. Und das ist Mireia«, stellte er seine Freundin vor, die gerade aus ihrem unruhigen Schlaf erwachte.

»Was ist los, Josep?«, fragte sie schläfrig. »Wer ist das?«

»Das ist Jacques«, antwortet Josep. »Er ist … ziemlich nass, wie es aussieht.«

Oh ja, das war er zweifellos. Ein merkwürdiger Typ, dieser Franzose. Nicht unsympathisch, wach, lebendig wirkte er. Und auch wenn er schon etwas älter zu sein schien, umgab ihn eine beinahe jugendliche Ausstrahlung. Breite Schultern, ordentlich Muskeln, alles was er, Josep, leider nicht hatte. Dunkelblond, mit strahlend blauen Augen. Aber eine schwer zu greifende Aura umgab ihn, wie wenn er ständig auf der Hut war, ständig auf dem Sprung, einen Angriff abzuwehren. Was mochte den wohl hierher getrieben haben?

»Ja«, antwortete Jacques, »ich bin etwas weiter unten abgerutscht und durch's Eis gebrochen. Und jetzt bin ich selber fast ein Eisblock. *Bonsoir,* Mireia. Es freut mich, euch beide kennenzulernen, auch wenn die Umstände etwas ungewöhnlich sind.«

»Du solltest schnellstens aus deinen nassen Kleidern«, sagte Josep.

»Nun, ich denke, da hast du sicher recht. Dummerweise habe ich keine Ersatzkleidung bei mir.« Und deine würde mir leider ohnehin nicht passen, du Hänfling.

21

»So wie es aussieht, reist du mit kleinem Gepäck«, bemerkte Mireia. »Aber zu deinem Glück ist dieser *abri* ganz gut ausgestattet. Da hinten, auf dem Regal in der Ecke gibt es ein paar alte Militärdecken. Nicht ganz sauber, aber besser als gar nichts. Deine nassen Kleider hängst du am besten über dem Ofen auf, da trocknen sie am schnellsten.«

Jacques wandte sich diskret um, zog seine nassen Kleider aus, hüllte sich in eine der Decken und setzte sich zu Mireia an den Ofen. Josep hängte Jacques' Kleider über eine der Ofenstangen und setzte sich ebenfalls. Er betrachtete den Franzosen, dessen Zittern langsam nachließ.

»Wie kommt es, dass du allein und ohne jegliche Ausrüstung bei diesem Unwetter durch die Berge ziehst?«, fragte er. »Ist das nicht etwas leichtsinnig?«

»Ja«, antwortete Jacques, »das ist es wohl. Ich muss zugeben, dass ich kein Kind der Berge bin. Wohl eher der typische Tourist, der seine Kräfte und Möglichkeiten nicht richtig einschätzen kann. Ein Freund von mir war im letzten Sommer hier in der Gegend und schwärmte von dieser Tour auf den *Port de la Peyre Saint-Martin,* von dem Blick, den man hier sowohl nach Spanien als auch nach Frankreich hat. Da habe ich mir gedacht, das schaue ich mir mal an. Damit, dass es so schnell zu einem so dichten Schneetreiben kommen könnte, habe ich einfach nicht gerechnet.« Jacques betrachtete die beiden anderen mit seinem einstudierten offenen, etwas naiven Blick, den er auch anwandte, wenn er eines seiner ›Dinger‹ ausbaldowerte. Er bemerkte, dass es Mireia ganz offensichtlich nicht sehr gut ging. Nachdem er sich im *abri* kurz umgesehen hatte, meinte er: »Aber so wie es aussieht, seid ihr beide auch nicht für eine große Schneetour ausgerüstet. Und dir geht es offensichtlich absolut nicht gut«, sagte er zu Mireia.

»Wir wollten eigentlich nur einen etwas ausgedehnteren Spaziergang machen, weil Mireia die Decke auf den Kopf fiel«, begann Josep.

»Drüben, auf der spanischen Seite, liegen etwas tiefer zwei *refugios*«, übernahm Mireia. »Dort verbringen wir den Winter und sehen nach dem Rechten. Zusammen mit Joan, einem ehemaligen Bergführer.«

»Der ist aber dortgeblieben«, ergänzte Josep.

In diesem Moment wurde die Tür kraftvoll aufgestoßen, sodass sie mit lautem Krachen aufschwang und an die Wand stieß. Der Sturm blies Schnee in den *abri*. Mireia stieß einen Schrei aus, denn in der Türöffnung stand ein Wesen, das einem Yeti erstaunlich nahekam und sah sie mit funkelnden Augen an.

V

Pol war wie erstarrt. Nein, damit hatte er nun wirklich nicht gerechnet. Normalerweise hätte der *abri* um diese Jahreszeit leer sein müssen, denn wer, bitte schön, würde sich bei einem solchen Schneesturm ins Gebirge begeben? Der musste ja von allen guten Geistern verlassen sein. Gut, er war auch hier. Aber das hatte nichts zu sagen, er war ein Gebirgsbewohner, wer, wenn nicht er. Und er hatte ja auch … Angelegenheiten zu erledigen gehabt und war mehr oder weniger zufällig hier. Aber diese drei da? Die hatten hier eigentlich nichts verloren. Sie störten ihn, wie ihn andere Menschen grundsätzlich störten. Er war am liebsten allein.

Pol seufzte und drehte sich kurz um. Nein, bei diesem Wetter wäre es sogar für ihn unmöglich, seinen Weg weiterzugehen. Er musste im *abri* Schutz suchen, musste mit diesen drei ›Anderen‹ wohl oder übel eine Besserung des Wetters abwarten. Womöglich Gespräche führen. Er hasste es, Gespräche zu führen. Vielleicht hatte er Glück und sie würden ihn in Ruhe lassen. Die drei könnten sich ja unterhalten. Leise, hoffentlich. Und er könnte sich in eine Ecke setzen, ganz für sich allein, und die Umgebung vergessen. Ja, so könnte es vielleicht irgendwie gehen.

»Bitte entschuldige, dass ich gerade geschrien habe«, sagte Mireia. »Ich bin einfach erschrocken, als die Tür plötzlich so heftig aufgestoßen wurde.«

»Komm herein, wir werden schon einen Platz für dich finden«, forderte Josep Pol auf. »Wenn es schön eng ist, wird es gemütlicher, und wir haben es auch wärmer.«

Jacques sagte nichts. Misstrauisch betrachtete er den Neuankömmling. Groß war er. Er musste sich bücken, um durch die Türöffnung zu kommen. Und breit, so dass er sich leicht seitlich drehen musste. Und ja, er sah aus, wie ein Yeti wahrscheinlich aussehen würde (Jacques hatte noch keinen gesehen, aber Berichte über Sichtungen gelesen): Langes, zottiges Haar, einen ebensolchen Bart, beides voller Schnee. Dazu blitzende, kohlenschwarze Augen. Er trug einen allem Anschein nach selbstgefertigten Fellmantel, der ebenfalls voller festgefrorener Schnee- und Eisklumpen war und hatte ein nicht näher definierbares Bündel auf seinem Rücken.

Der ›Yeti‹ schloss die Tür, warf sein Bündel in eine Ecke, drängte sich zum Ofen vor, um seinen Mantel neben Jacques' nassen Kleidern aufzuhängen, suchte sich dann wieder einen Weg zurück und vollbrachte das Kunststück, seinen massigen Körper so neben seinem Bündel zu platzieren, dass er zu den anderen einen für die Umstände beträchtlichen Abstand wahren konnte. Schweigend betrachtete er die drei.

»Wärme dich erst einmal auf«, brach Mireia schließlich das Schweigen. »Ich bin Mireia. Das da ist Josep. Und er hier heißt Jacques, er ist ein Franzose.«

Was dazu führte, das Pol den zuletzt genannten mit einem bitterbösen Blick ansah.

»Und wer bist du?«, fragte Josep.

»Pol«, war die einsilbige Antwort des ›Yeti‹.

»Was treibt dich denn bei diesem Wetter auf die Berge?«, versuchte nun auch Jacques sein Glück. Sein Instinkt sagte ihm, dass auch Pols Angelegenheiten auf keinen Fall legaler Natur waren. Der ›Yeti‹ hatte in irgendeiner Form Dreck am Stecken, und irgendwie hing das mit diesem komischen Bündel zusammen.

»Was geht's dich an?«, brummte Pol abweisend. »Ich frag dich ja auch nicht, was du hier zu suchen hast.«

»Oh, entschuldige, ich wollte dir nicht zu nahe treten«, entgegnete Jacques. Ja, dieser Pol war mit Sicherheit nicht ganz sauber. Er beschloss, wachsam und auf der Hut zu sein.

»Mireia und ich wollten eigentlich nur einen kleinen Ausflug machen«, versuchte Josep, die Spannung zu brechen. »Von unten, vom *Refugio Espomuso* aus. Das liegt am *Embalse de Espomuso,* einem kleinen See. Vielleicht kennst du den ja?«

Pol nickte mürrisch. »Ja, kenne ich.«

Nach längerem Schweigen fuhr Josep fort: »Wir verbringen da den Winter. Als so eine Art Hausmeister, verstehst du?« Keine Antwort. »Das bringt etwas Geld und wir haben ein Dach überm Kopf.«

Schweigen. Dann fragte Jacques, weniger aus Interesse, als um die drückende Stille zu brechen: »Habt ihr beiden sonst keine Wohnung? Oder ein Haus?«

Josep schluckte. Es fiel im offensichtlich schwer, diese Frage zu beantworten. »Nein, derzeit haben wir keinen festen Wohnsitz.« Scham klang in seiner Stimme mit. »Wir haben das letzte halbe Jahr mal hier, mal da, bei Familie oder Freunden gelebt. Aber auf Dauer ging das nicht mehr, allein schon wegen Mireias Schwangerschaft. Da war das mit dem *refugio* eine gute Sache.«

»Habt ihr keinen Beruf, mit dem man Geld verdienen könnte?« Jetzt ließ Jacques nicht locker. Alles war besser als dieses drückende Schweigen, das von dem ›Yeti‹ ausging.

»Ich bin Schriftsteller«, sagte Josep. »Na ja, ich versuche zumindest, einer zu sein. Oder zu werden. Es ist nicht sehr einfach.«

»Schriftsteller, aha«, antwortete Jacques. »Schon etwas veröffentlicht?«

Josep sah ihn mit flehenden Augen an. Sein Blick bat allzudeutlich, nicht weiter in diesem Thema herumzubohren. »Zwei Kurzgeschichten in einer Online-Literaturzeitschrift«, sagte er zögernd. »Derzeit versuche ich mich an etwas größerem, einer Novelle oder vielleicht einem Roman. Aber ich habe noch keinen Verlag.«

Jacques stieß ein kurzes Lachen aus. »Na, da kannst du ja heute Nacht einiges an Inspiration sammeln. Ein Ausflug mit der schwangeren Freundin, die ihren Knöchel verletzt und der nach einem Wettersturz im Schneesturm in einem *abri* zusammen mit zwei zwielichtigen Gestalten sein vorläufiges Ende findet.«

In diesem Moment klopfte es leise und zögerlich an der Tür. Alle vier sahen sich überrascht an.

VI

I rgendwie finde ich das jetzt ja schon ein wenig gruselig«, sagte Jacques.

Josep stand auf und ging zur Tür. Er blickte noch einmal hilfesuchend zurück zu den anderen, dann öffnete er. Draußen tobte noch immer der Schneesturm. In der Türöffnung stand eine Gestalt, nicht sehr groß und eingewickelt in eine dicke Daunenjacke, die keine Rückschlüsse auf den Körperbau zuließ. Der Kopf war bis über die Nase in einen Schal gehüllt und ansonsten von einer geradezu monströsen Fellmütze bedeckt. Die Gestalt zog mit einer der dick behandschuhten Hände den Schal etwas nach unten und fragte: »Bitte, darf ich eintreten?« Josep trat beiseite, ließ die Gestalt eintreten und schloss die Tür wieder, bevor er sich zurück an seinen Platz begab.

»Guten Abend miteinander. Bitte verzeihen Sie die Störung, aber der Schneesturm hat mich quasi zu Ihnen getrieben. Mein Name ist Hector.« Mit diesen Worten nahm die Gestalt die Mütze und den Schal ab, legte beides auf den Tisch und zog schließlich auch die Daunenjacke aus. Hector stellte sich als nicht sehr großes dürres Männchen heraus, mit einer Glatze und einer gewaltigen Hakennase. Seine Augen waren von einem hellen, fast eisigen Blau und wirkten seltsam leblos. »Ist es mir gestattet, mich hier bei Ihnen aufzuwärmen und das Ende des Sturms abzuwarten?«

»Natürlich«, sagte Mireia. »Ein *abri* ist für alle da, die im Gebirge Schutz suchen. Es wird hier nur langsam etwas eng, wir müssen wohl ein wenig zusammenrücken.«

Was sie auch taten, wobei Pol es beinahe zu schaffen schien, noch etwas mehr von den anderen wegzurücken. Doch da Hector wenig Raum benötigte, gelang es, auch ihm, sich genügend Platz zu verschaffen.

»Wir waren gerade dabei, uns gegenseitig zu erzählen, was uns an diesem Tag zu dieser Stunde und bei diesem Wetter in die Berge trieb«, nahm Josep nach einem ausgedehnten Moment der Stille ihr Gespräch wieder auf. »Und ein bisschen auch darüber, wer wir sind, was wir so machen. Um uns die Zeit zu vertreiben und uns ein wenig kennenzulernen.«

»Josep hat uns gerade erzählt, dass er Schriftsteller ist. Oder werden möchte«, fuhr Jacques fort. »Er ist noch am Anfang seiner Karriere. Was ist mit dir, Mireia? Was machst du, wenn du nicht gerade Winterwache auf einem *refugio* hältst?«

Mireia sah ihn mit einem etwas kämpferischen Blick an. »Nichts. Im Moment mache ich nichts. Ich bin noch auf der Suche. Lange habe ich meinen Eltern auf ihrem Hof geholfen, aber das wurde mir zu eng und zu eintönig. Deswegen bin ich in die Stadt, nach Barcelona gezogen, wo ich mich mit Gelegenheitsjobs über Wasser gehalten habe, bis wir diesen Winterjob angenommen haben.«

Jacques hielt ihrem Blick stand. Sie gefiel ihm, er mochte es, wenn Frauen sich nicht unterkriegen ließen. »Und dort habt ihr euch kennengelernt?«, fragte er. »In Barcelona?«

»Eine Zeit lang haben wir zusammen in derselben Wohngemeinschaft gewohnt«, antwortete Josep an ihrer Stelle. »Aber irgendwann konnten wir uns das nicht mehr leisten. Und dann wohnte wir, wie ich schon sagte, mal hier und da. Und na ja, jetzt sind wir eben hier in den Bergen.«

»Ich frage mich, ob es nicht etwas gefährlich und daher unvernünftig ist, sich in Ihrem Zustand an einen Platz zu begeben, der so weit von jeglicher Zivilisation entfernt ist«, brachte sich nun auch Hector in das Gespräch ein. Seine Stimme war leise, aber hatte einen fast metallischen Kern. Und was er sagte, klang nicht belanglos, sondern so, als wäre ihm diese Feststellung wirklich wichtig. Mireia sah ihn an. Irgendetwas stimmte nicht mit diesem kleinen Glatzkopf und seinen Eisaugen. Sie beschloss, das Thema zu wechseln.

»Nachdem ihr nun über uns beide so gut Bescheid wisst, würde mich interessieren, was euch zu dieser Zeit und diesem Wetter ins Gebirge treibt. Denn eigentlich ist die Saison für Bergwanderungen schon eine ganze Weile vorbei.« Mireia sah auffordernd in die Runde. Die drei Männer schwiegen.

Plötzlich zuckte die junge Frau unter lautem Stöhnen zusammen und schlang ihre Arme fest um ihren Bauch. Josep beugte sich erschrocken zu ihr. »Mireia, *meu amor*, was ist mit dir, was hast du?« Verzweifelt wedelte er mit seinen Armen, weil er nicht wusste, was er tun sollte.

»Sie hat eine Wehe, das ist vollkommen normal in ihrem Zustand«, sagte Hector mit seiner leisen Stimme. »Am besten wäre es, sie würde in Bewegung bleiben oder zumindest öfters ihre Position wechseln.«

»In Bewegung bleiben? Hier drin in dieser ohnehin überfüllten Hütte?«, entgegnet Josep gereizt. »Vielleicht sollte ich mit ihr nach draußen gehen und zwei, drei Runden um den *abri* machen? Oder haben Sie noch andere geniale Einfälle?« Wütend sah er Hector an.

»Ich habe nur gesagt, was meines Wissens in einem solchen Fall ratsam wäre«, entgegnete Hector mit beinahe gefährlich sanfter Stimme. »Aber vielleicht wäre ja für den Moment bereits ein Positionswechsel hilfreich.« Hector sah den jungen Mann mit durchdringendem Blick an. Er mochte es gar nicht, wenn er auf diese Weise attackiert wurde. Und schließlich war es ja naiv wenn nicht gefährlich dumm von diesen beiden jungen Leuten gewesen, sich zu dieser Jahreszeit unter diesen Umständen auf eine solche, wenngleich für ihre Maßstäbe allem Anschein nach kleine Bergtour zu begeben. Jetzt sahen sie ja, was sie davon hatten. Aber diesem kleinen Pinscher hätte er es gerne gezeigt. Niemand redete so respektlos mit Hector Urriaga. Wenn nicht diese ganzen Leute hier gewesen wären, hätte er sein Messer gezückt und dem Pinscher die Kehle durchgeschnitten. Nun, das konnte ja noch kommen …

»Versucht es doch einmal mit einem Positionswechsel. Sie liegt hier schon so herum, seit ich gekommen bin.« Jacques spürte die Spannung und versuchte, sie etwas aufzulösen.

Josep half Mireia sich aufzusetzen, und langsam ließen ihre Schmerzen nach. Während das junge Paar mit sich beschäftigt war, betrachtete Jacques die beiden anderen Männer. Von Hector schien eine mehr als nur unterschwellige Bedrohung auszugehen, und Jacques spürte, dass dieser Mann gefährlich war. Auf den würde er besonders achten müssen. Pol hingegen saß mit geschlossenen Augen in seiner Ecke und schien nichts von alldem wahrzunehmen, ja, beinahe erweckte er den Eindruck, zu schlafen. Ein merkwürdiger Mensch, dieser scheinbar friedvolle Koloss. Schwer einzuschätzen. Aber wohl nicht so bedrohlich wie der andere. Jacques ärgerte sich, dass er hier festsaß mit dieser Gesellschaft, und er wünschte sich nach Barcelona. Eine große Stadt war eher seine Welt. Und dort käme er mit seiner Millionenbeute auch weiter, als hier oben in den Bergen. Warum musste das Wetter ihm auch einen solchen Strich durch die Rechnung machen? Aber es half nichts, irgendwie mussten sie die Zeit herumbringen bis der Sturm nachließ.

»Nun, da das mit dem Small Talk über unser woher und wohin offenbar nicht bei allen Anwesenden auf große Gegenliebe stößt, sollten wir vielleicht andere Themen suchen, über die wir reden könnten«, sagte er.

»Und worüber?«, fragte Hector. »Das Teilen medizinischer Kenntnisse scheint ja auch nicht gerade erwünscht zu sein«, fügte er mit einem giftigen Blick zu Josep hinzu. »Und ich finde, Politik ist kein Thema für eine solche Situation wie die, in der wir uns befinden.«

»Als ich ein Kind war, erzählten wir uns in unserer Familie an langen Winterabenden Geschichten«, sagte Jacques. »Und ist nicht, wenn ich mich nicht täusche, heute sogar *la veille de Noël?* Wir könnten uns Weihnachtsgeschichten erzählen. Jeder kennt doch mindestens eine Weihnachtsgeschichte. Damit könnten wir uns die Zeit vertreiben und auch Mireia von ihren Wehen ablenken.«

»Ich weiß nicht«, sagte Josep. »Ist das nicht etwas merkwürdig, wenn sich erwachsene Menschen Weihnachtsmärchen erzählen?«

»Na ja, für dich als Schriftsteller sollte das doch eigentlich eine sehr willkommene Abwechslung sein«, entgegnete Jacques. »Vielleicht findest du ja neue Inspirationen für deine Arbeit.«

»Also mir gefällt Jacques' Idee«, sagte Mireia. Und was meint ihr beiden schweigsamen Männer?«, wandte sie sich direkt an Pol und Hector. Pol brummte nur, und Hector nickte.

»Ja, warum nicht?«, sagte er. »Es wird uns kaum umbringen, und die Zeit vergeht schneller. Wer fängt an?«

Schweigen.

Dann meldete sich Jacques: »Nun, da es meine Idee war, sollte ich vielleicht den Anfang machen. Ich kann euch eine Geschichte aus meiner Kindheit erzählen. Eine, die sich wirklich zugetragen hat.« Und er begann …

VII
Mémé Paulette

Ich wurde in Nîmes geboren, wann genau, das spielt keine Rolle. Meine Familie lebte dort erst in zweiter Generation, ursprünglich stammen wir aus dem Elsass. Großvater Henri, den wir alle respektvoll mit »Sie« und *»Monsieur Grand-père«* anredeten, war leitender Beamter an der Präfektur in Straßburg gewesen und auf eine höhere Position in den Süden versetzt worden. Mein Vater hatte ebenfalls erfolgreich den Weg einer Beamtenkarriere eingeschlagen, weswegen wir in guten Verhältnissen in einem gehobenen Wohnviertel lebten. Wir, das waren außer mir meine Eltern, mein Bruder Olivier, sowie meine Schwestern Marie, Christine und Pascale. Ganz in der Nähe unserer großen Wohnung lebte der Bruder meines Vaters, Onkel Cédric mit seiner Frau, Tante Yolande, die sich oft bei uns aufhielten und zu denen meine Geschwister und ich ein ausgezeichnetes Verhältnis hatten. Eigene Kinder hatten die beiden allerdings keine. Onkel Cédric war Lehrer an einem *Lycée,* Tante Yolande war, ebenso wie *Maman,* Hausfrau. Nun ja, damals in den Sechziger-, Siebzigerjahren war das eben so üblich.

Wir fühlten uns alle sehr wohl, dort in Nîmes. Mein Vater konnte sich in seiner Position wichtig und gebraucht fühlen, was ihm sehr am Herzen lag. Wir Kinder waren wohlerzogen, gut in der Schule (die Mädchen, Zwillinge, noch ein bisschen besser als wir beiden Jungs), und wir hatten eine ganze Menge Freunde, alle aus ähnlich bürgerlichen Verhältnissen wie wir. Nordfrankreich und das Elsass, wo die Wurzeln unserer Familie lagen und wo noch immer *Papas* Mutter, *Mémé Paulette*, lebte, die nach dem Tod von *Monsieur Grand-père* in ihre alte Heimat zurückgekehrt war, spielte im Alltag keine wesentliche Rolle – wieso auch?

Doch gab es eine Zeit im Jahr, in der wir unsere elsässischen Wurzeln und Traditionen voll und ganz auszuleben pflegten: Weihnachten! Wir alle fanden die extrovertierte südfranzösische Art, das Christfest zu feiern, befremdlich, und keiner von uns hätte jemals auf unsere traditionelle besinnliche Familienweihnachtsfeier verzichten wollen, nicht auf die tagelangen Vorbereitungen, den Duft nach Weihnachtsbäckerei, den wunderbar geschmückten Weihnachtsbaum, die Unmengen an Köstlichkeiten, die Kerzen, und natürlich auch nicht auf die Geschenke unter dem Weihnachtsbaum. In unserer Familie wurde Weihnachten minutiös vorbereitet und nichts dem Zufall überlassen: Angefangen bei den Planungen für die Speisenfolge bis hin zur Festlegung und Vorbereitung der Musikstücke, Lieder und Gedichte, die von uns Kindern vorgetragen wurden.

Ich kann mich noch sehr gut an ein ganz bestimmtes Weihnachtsfest erinnern. Damals war ich gerade zehn Jahre alt geworden, und ich sollte an diesem Heiligabend zum ersten Mal die Weihnachtsgeschichte vorlesen. In unserer Familie wurde dies als eine überaus verantwortungsvolle Aufgabe betrachtet, die mit hohen Erwartungen vor allem seitens meiner Eltern verbunden war. Lesefehler galten als Respektlosigkeit dem Bibeltext gegenüber und wurden nicht geduldet. Unter uns Kindern hielt sich hartnäckig das unbestätigte Gerücht, dass *Papa* sich als Kind bei dieser Aufgabe verhaspelt hatte und *Monsieur Grand-père* ihm daraufhin verbot, seine Weihnachtsgeschenke auszupacken. Bis nach dem Dreikönigsfest (eine andere Version, auf deren Richtigkeit vor allem Olivier beharrte, sprach vom Neujahrstag) waren die verpackten Pakete unter dem Baum liegen geblieben. *Papa* hatte in dieser Zeit den entsprechenden Evangeliumstext auswendig zu lernen und schließlich *Monsieur Grand-père* fehlerfrei vorzutragen, ehe er die Pakete auspacken durfte. Nun, zu meiner Zeit wurde dies nicht mehr so streng gehandhabt, aber dennoch lastete auf dem Leser eine schwere Bürde.

In jenem Jahr gab es aber noch eine weitere Besonderheit, auf die wir uns alle freuten, denn *Mémé Paulette* hatte ihren Besuch angekündigt, um mit uns die Feiertage zu verbringen. Wir Kinder liebten *Mémé Paulette* über alles. Sie war eine überaus freundliche, liebenswerte Großmutter, die aber auch durchaus eine konsequente Bestimmtheit an den Tag legen konnte, wenn sie dies für notwendig erachtete. Es waren fast zwei Jahre, dass wir sie nicht mehr gesehen hatten, und wir Geschwister zählten die Tage, bis zu ihrer Ankunft.

Am Vormittag des 24. Dezember fuhren *Papa* und Onkel Cédric an den Bahnhof, um sie abzuholen. *Maman* und Tante Yolande waren, wie schon die Tage zuvor, in der Küche mit geheimnisvollen Essensvorbereitungen beschäftigt, während wir Kinder an unseren Vorträgen übten: Neben der Weihnachtsgeschichte hatte ich ein Blockflötenduett mit Olivier vorzubereiten, der außerdem zwei Gedichte vortragen wollte. Marie und Christine übten an einem

Weihnachtsliederpotpourri für vierhändiges Klavier, Pascale arbeitete sich, von Christine begleitet, ziemlich verbissen an einem Geigenstück ab, und Marie würde das gemeinsame Weihnachtsliedersingen der Familie am Klavier begleiten (was für sie jedoch keine allzugroße Herausforderung darstellte).

Der Baum stand bereits im Salon und wartete darauf, geschmückt zu werden. Die Erfüllung dieser Pflicht würde bei *Papa* und Onkel Cédric liegen, in diesem Jahr wieder einmal unter der strengen Anleitung *Mémé Paulettes*.

Die Vorbereitungen für das Fest waren also in vollem Gange, als *Papa* und Onkel Cédric mit unserem Gast vom Bahnhof zurückkehrten. Trotz ihres Alters war *Mémé Paulette* von aufrechter, stolzer Gestalt, mit blitzenden blauen Augen und einem fein geschnittenen, freundlichen Gesicht. Sie strahlte und lachte, als wir Kinder auf sie zu rannten, um sie mit stürmischen Umarmungen zu begrüßen. »Vorsicht, ihr werft sie ja um«, versuchte *Papa* vergeblich, uns zu bremsen. »*Mémé* ist nicht mehr die Jüngste.«

Nachdem der erste Begrüßungstaumel vorbei war, fuhren wir alle mit unseren Vorbereitungen fort, während *Mémé Paulette* ihre Taschen auspackte und sich anschließend etwas hinlegte, um sich von den Anstrengungen der Reise ein wenig zu erholen.

Schließlich war es so weit. *Maman* schlug den Gong, der die Familienmitglieder zum Essen rief. Unter aufgeregtem Geschnatter versammelten wir uns, alle dem Anlass gemäß feierlich gekleidet, im Esszimmer. Papa öffnete eine Flache Champagner, und ich sah neidisch zu, wie meine älteren Geschwister zur Feier des Tages jeweils ein halbes Glas eingeschenkt bekamen, während ich, der Jüngste, mich mit Orangensaft begnügen musste. Gerade als wir miteinander anstoßen wollten, sagte *Maman:* »Wo ist eigentlich *Mémé Paulette?*«

Alle sahen sich um. Richtig: *Mémé Paulette* war nicht unter der Festgesellschaft.

»Gerade eben war sie noch da, wir haben uns über ihre Reise unterhalten«, sagte Tante Yolande. »Wahrscheinlich ist sie nur kurz hinausgegangen und gleich wieder da.«

Also warteten wir und unterhielten uns miteinander. Und richtig, wenige Minuten später war *Mémé Paulette* wieder da. Sie wirkte ungewohnt ernst und in sich gekehrt, was wohl auf eine berechtigte Erschöpfung nach der langen Reise zurückzuführen war. Schließlich war sie ja, wie *Papa* schon gesagt hatte, nicht mehr die Jüngste. Wir stießen an und begaben uns zu Tisch.

Maman und Tante Yolande hatten sich selbst übertroffen. Verschiedene Pasteten, begleitet von einer Vielfalt frischer Salate, eröffneten das Festmahl.

Während der Suppe bat *Mémé Paulette* um Verzeihung und erhob, sich, um die Festtafel zu verlassen. Alle sahen wir uns verwundert an. Von unserer Großmutter, die so viel Wert auf gutes Benehmen legte, hatten wir so etwas noch nicht erlebt.

»Nun, sie wird etwas angeschlagen sein, von der langen Reise«, sagte *Maman,* und wir alle nickten verständnisvoll.

»Sie ist ja auch nicht mehr die Jüngste«, fügte Tante Yolande hinzu. Nach ein paar Minuten kehrte *Mémé* zurück und setzte sich wieder, ihr Gesicht von ernster Nachdenklichkeit geprägt. *Papa* schenkte die Weingläser voll und alle tranken mittlerweile wohl zum dritten oder vierten Mal auf ein frohes Weihnachtsfest.

Schließlich trug *Maman* unter Applaus den in unserer Familie traditionellen Weihnachtskarpfen auf. Nachdem die Portionen auf unseren Tellern verteilt waren, brachte Onkel Cédric erneut einen Toast auf ein großartiges Weihnachtsfest aus, bevor wir uns dem verlockend duftenden, auf den Punkt gegarten Karpfen widmeten. Plötzlich, ganz unvermittelt, sagte *Mémé Paulette:* »Jetzt weiß ich's!« und sprang auf, wobei sie ihr Weinglas umstieß. Das feine Kristall zerbrach. Aber *Mémé* achtete nicht darauf. Eilig rannte sie aus dem Zimmer und ließ uns in unserer Verblüffung zurück.

»Was hat sie denn?«, fragte *Papa.* Er liebte diese Form der Überraschung ganz und gar nicht, und zwischen seinen Augenbrauen deutete sich die uns Kindern wohlbekannte senkrechte Unmutsfalte an. »Geht es ihr nicht gut?«

»Sie wird nur etwas unpässlich sein«, versuchte *Maman* ihn zu beruhigen. »Eine so lange Zugfahrt ist für eine Frau ihres Alters durchaus eine Strapaze.«

»Was ist mit dem Alter?«, fragte *Mémé Paulette,* die in diesem Moment das Zimmer wieder betrat, in etwas strengem Ton. »Redet ihr von mir? Hinter meinem Rücken?«

»Wir haben uns nur Sorgen gemacht, *Maman,* weil du so unvermittelt die Tafel verlassen hast«, versuchte Onkel Cédric die Wogen zu glätten.

»Mir geht es gut, es gibt keinen Grund zur Sorge«, blockte *Mémé* ihn etwas unwirsch ab. »Lasst uns die Gläser erheben, um auf unsere Weihnachtsfeier zu trinken, und darauf, dass wir endlich wieder einmal alle beisammen sind.«

Was dann auch geschah.

Uns Kindern begann das Festmahl mittlerweile ein wenig lang zu werden. Es fehlten noch zwei komplette Gänge und danach wären erst die Darbietungen zu absolvieren, bevor es endlich an die Geschenke ginge. Und womöglich blieb für die keine Zeit, da wir, wie jedes Jahr, die Christnachtsmette besuchen würden. Ungeduldig zappelten wir alle auf unseren Stühlen herum.

»Seid ruhig und sitzt ordentlich«, sagte *Papa* streng. »Das Essen ist noch nicht beendet.«

War es auch nicht, denn jetzt trug *Maman* unter den ›Aaahs!‹ und ›Ooohs!‹ der Anwesenden die mit Trüffeln gefüllte Gänsebrust auf. Lediglich *Mémé Paulette,* sonst immer gerne zu Komplimenten bereit, wenn es um die Präsentation eines gelungenen Gerichts ging, blieb eigentümlich still. *Papa* schnitt den Braten an, Onkel Cédric schenkte vom Rotwein ein, der bereits zu Beginn der Mahlzeit entkorkt worden war, um in aller Ruhe atmen zu können.

»Ein *du Pâpe«,* sagte er stolz, »ein Achtundfünfziger. Gutes Jahr. Der liegt schon eine ganze Weile bei uns und wartet auf eine besondere Gelegenheit wie diese. Lasst uns auf Weihnachten anstoßen.«

Was dann auch geschah. Alle priesen den Wein, seine tiefrote Farbe, sein Bukett, das herrliche Aroma, und machten sich an *Mamans* Gänsebrust. Für einen Moment herrschte ›gefräßige Stille‹, wie mein Bruder Olivier es zu nennen pflegte. Dann schob *Mémé Paulette* energisch ihren Stuhl zurück, erhob sich und verließ das Esszimmer. In das überraschte Schweigen schlug *Papa* mit der flachen Hand auf den Tisch, sodass alle erschraken.

»Was zum Donnerwetter ist hier eigentlich los?«, sagte er, sich nur mühsam beherrschend. »Das geht hier ja schlimmer zu als auf dem Bahnhof zur schlimmsten Hauptverkehrszeit.«

»Bitte, *chérie,* reg dich nicht auf«, versuchte *Maman* ihn zu beruhigen. »Verdirb uns nicht den Abend. Ich bin ganz sicher, dass *Mémé Paulette* nur etwas mitgenommen ist. Der lange Weg von Straßburg hierher ... du weißt doch, wie schlecht sie das mit dem Reisen verträgt. «

»Dazu die Aufregung mit dem Wiedersehen, auch mit den Kindern«, fügte Tante Yolande hinzu.

»Und schließlich«, ergänzte Onkel Cédric, »ist sie nicht mehr die Jüngste.«

Papa beruhigte sich wieder, und als *Mémé Paulette* zurückkehrte, fragte er voller Anteilnahme: »*Mémé,* geht es dir etwa nicht gut? Wir machen uns ein klein wenig Sorgen um dich.«

»Das ist sehr lieb von dir, Jean-Baptiste«, antwortete *Mémé Paulette.* »Du hast ja recht, vielleicht war die lange Zugfahrt doch ein wenig anstrengend für mich. Wie ihr wisst, bin ich nicht mehr die Jüngste.«

Was von allen Anwesenden bejahend zur Kenntnis genommen wurde und zu einem weiteren Anstoßen auf das Weihnachtsfest und das familiäre Beisammensein führte.

Nachdem die Gänsebrust ohne weitere Zwischenfälle gegessen worden war, zogen sich *Papa* und Onkel Cédric auf eine Zigarre in *Papas* Arbeitszimmer zurück, während *Maman,* Tante Yolande und *Mémé Paulette* mit uns Kindern den Tisch abräumten und in der Küche ein wenig ›Zwischenordnung‹ schufen, wie *Mémé* es nannte, was bedeutete, dass wir Geschirr zusammenstellten, das eine oder andere schon einmal spülten und alles in allem versuchten, ein wenig Ordnung in das von *Maman* und Tante Yolande veranstaltete Chaos zu bringen.

Wir kamen gut voran, und als bereits ein Ende abzusehen war und *Maman* den Kaffee vorbereitete, legte *Mémé Paulette* unvermittelt das Geschirrtuch beiseite und rannte förmlich aus der Küche.

»Was ist denn jetzt schon wieder los?«, fragte Tante Yolande.

»Vielleicht muss sie auf die Toilette«, sagten die Zwillinge wie aus einem Munde.

»Den ganzen Abend schon? Dann hat sie aber wirklich ein Problem«, sagte Olivier trocken.

»Olivier!«, wies *Maman* meinen Bruder zurecht.

»Und sagt jetzt bloß nicht wieder, dass sie nicht mehr die Jüngste ist«, warf Tante Yolande ein. »Ich denke, das wissen wir inzwischen.«

Nach einigen Minuten kehrte *Mémé* in die Küche zurück. Sie wirkte zutiefst verzweifelt, die Haare zerrauft, Tränen in den Augen, und *Maman* fragte besorgt: »*Mémé,* was ist nur los mit dir? Du siehst furchtbar aus. Sollen wir einen Arzt rufen?«

»Nein, bloß das nicht«, antwortete diese. »Es ist alles in Ordnung. Ich bin nur etwas … bewegt. Wegen des Festes. Das ist alles. Weihnachten geht mir einfach ans Gemüt. Sei unbesorgt, es ist nichts.«

Maman zuckte die Schulter und sagte: »Schön, wie du meinst. Aber ich denke, es ist jetzt Zeit für die *Mousse au Chocolat.* Jacques, würdest du bitte *Papa* und Onkel Cédric Bescheid geben, dass es weitergeht?«

* * *

Das Dessert verlief ohne weitere Unterbrechung, und nachdem wir das Menü und die einzelnen Gänge ausgiebig gelobt hatten, räumten wir den Tisch ab und begaben uns in den Salon. Hier hatten *Papa* und Onkel Cédric in der Zwischenzeit die Kerzen des Weihnachtsbaumes angezündet. Es war ein prachtvoller Baum, herrlich geschmückt, und die unzähligen Kerzen tauchten das Zimmer in ein beinahe übernatürliches Leuchten. Und darunter lagen sie! Die Geschenke. In allen Größen, eingepackt in buntes Papier, mit Bändern und Schleifen verziert … ich musste mich gewaltig zusammenreißen, um mich nicht sofort darauf zu stürzen. *Mémé Paulette* schien der Anblick so sehr zu bewegen, dass sie mit einem Seufzer auf einen Stuhl niedersank.

Wir wünschten uns alle ein frohes Weihnachtsfest, und *Papa* bat uns Kinder, mit dem Vortrag zu beginnen. Den Anfang machten Olivier und ich mit unserem Blockflötenduett, das wir erstaunlich gut und mit nur wenigen Fehlern bewältigten. Olivier trug sein erstes Gedicht vor, dann spielten Pascale und Christine ihr Stück für Geige und Klavier. Im Anschluss rezitierte Olivier sein zweites Gedicht, eine sehr stille und gefühlvolle Ballade über die Weihnachtsgeschichte, und plötzlich sprang *Mémé Paulette* völlig unvermittelt auf und verließ das Zimmer.

»Was soll diese ständige Rennerei?«, fragte *Papa* in nun doch schon recht erzürntem Ton. »Können wir nicht einmal in Ruhe Weihnachten feiern? Das ist hier doch kein Basar, bei dem jeder kommt und geht, wie es ihm gerade passt!«

Maman deutete ihm an sich zu beruhigen und ging hinaus, um nach *Mémé* zu sehen, in der Zwischenzeit beendete

Olivier seine Ballade. *Maman* und *Mémé* kamen dann auch bald wieder zurück, und mit dem von Marie und Christine vierhändig am Klavier vorgetragenen Weihnachtslieder-potpourri ging es weiter. Dann war ich an der Reihe. Die Weihnachtsgeschichte. Aufgeregt nahm ich die Bibel und stellte mich an das Notenpult. Meine Knie zitterten, und obwohl ich gerade eben noch einen Schluck Wasser ge-trunken hatte, war mein Mund trocken wie die Wüste Gobi. Ich schluckte. Dann begann ich: »Es begab sich aber zu der Zeit, …«. Es lief besser, als ich befürchtet hatte, und nach und nach fühlte ich mich sicherer und zuversichtli-cher. Ich würde das schaffen. Ich würde die Herausforde-rung bewältigen und meine erste Weihnachtsgeschichte fehlerfrei vorlesen.

Alles lief reibungslos, bis zu den Hirten auf dem Feld. »Fürchtet euch nicht!«, hatte der Engel gerade gesagt und ich wollte mit »Denn siehe, ich verkündige euch große Freude« fortfahren, als *Mémé Paulette* sich erneut erhob und das Zimmer verlassen wollte.

»Schluss jetzt!«, schrie *Papa,* sprang auf und haute kräftig und mit einem lauten Knall auf den Tisch. »Verdammt noch mal, heute ist Weihnachten. Können wir das nicht so feiern, wie es dem Fest angemessen ist? Aus, vorbei. Wir hören auf. Kein Vortrag mehr. Germaine, gib den Kindern ihre Geschenke, dann kann jeder machen, was er will!«

Alle waren wie vom Donner gerührt. Und da brach *Mémé Paulette* unvermittelt in Tränen aus. Sie weinte herz-zerreißend, ihr Körper wurde von heftigen Schluchzern ge-schüttelt. *Maman* warf *Papa* einen bitterbösen Blick zu und nahm *Mémé* in die Arme.

»Da siehst du, was du angerichtet hast, du Grobian!«, sagte sie. »*Mémé,* bitte beruhige dich. Was ist denn nur los mit dir? Jean-Baptiste, was bist du doch für ein gefühlloser Trampel, du solltest dich schämen.«

Es dauerte eine Weile, bis *Mémé Paulette* sich wieder so weit beruhigt hatte, dass sie uns erzählen konnte, was sie den ganzen Abend bewegt hatte. Sie hatte uns alle zum Weihnachtsfest natürlich auch mit Geschenken bedenken wollen. Da sie sich aber im Zug nicht mit zusätzlichem Gepäck belasten wollte, hatte sie einen größeren Geldbetrag in verschiedene kleinere aufgeteilt und alles zusammen in einen Umschlag gesteckt. Den wollte sie gleich bei ihrer Ankunft so verstecken, dass ihn niemand vor dem Fest finden würde.

»Aber nun finde ich ihn selber nicht mehr«, sagte sie unter Tränen. »Ich habe überall danach gesucht. Inzwischen bin ich mir nicht einmal mehr sicher, ob ich ihn wirklich mitgebracht habe. Vielleicht liegt der Umschlag noch bei mir zu Hause auf dem Küchentisch. Ach Kinder, es ist so schrecklich, alt zu werden.«

Wir drängten uns um sie, nahmen sie in den Arm, drückten ihre Hände und trösteten sie.

Onkel Cédric sagte: »Ich denke, auf diese Aufregung hin haben wir uns einen kleinen Schluck verdient«, ging zu den Geschenken, suchte ein längliches Päckchen heraus, das offensichtlich für ihn bestimmt war und öffnete es. »Wie ich mir gedacht habe: Auch in diesem Jahr bekomme ich von meinem Bruder wieder diesen wunderbaren uralten Armagnac. Vielen Dank, Jean-Baptiste. Germaine, wärst du bitte so freundlich und holst uns angemessene Gläser?«

Maman lachte und ging aus dem Zimmer. Wir beschäftigten uns weiterhin mit *Mémé Paulette,* die nach und nach wieder zur Ruhe kam. Kurz darauf kam *Maman* zurück.

»Hört alle zu, das glaubt ihr nicht«, sagte sie ganz aufgeregt. »Seid doch mal leise. Stellt euch vor, ich ging ins Esszimmer, um die guten Gläser aus der Vitrine zu holen. Und ihr wisst doch, dass vor der Vitrine der Läufer liegt, den *Monsieur Grand-père Henri* aus den Kolonien mitgebracht hat. Ich stehe also auf dem Läufer und will die Vitrine öffnen, da habe ich das Gefühl, dass der Boden nicht ganz eben ist und dass etwas ganz merkwürdig knistert. Also habe ich nachgesehen, unter dem Läufer, und was glaubt ihr, was ich da gefunden habe?« Mit diesen Worten zog sie einen großen Umschlag hervor, den sie hinter ihrem Rücken verborgen hatte. »Den hattest du wirklich gut versteckt, *Mémé.*«

Alle lachten, es gab ein großes Hallo, die Erwachsenen widmeten sich ausgiebig Onkel Cédrics Armagnac, und alle waren wieder glücklich und zufrieden. An diesem Abend ging niemand mehr in die Christmette. Aber dennoch war es eines der eindrücklichsten Weihnachtsfeste, die es in meiner Familie je gegeben hat.

VIII

Als Jacques seine Geschichte beendet hatte, herrschte zunächst tiefes Schweigen. Die Flamme in der Petroleumlampe blakte vor sich hin Keiner sprach auch nur ein Wort, bis es schließlich zu aller Überraschung Pol war, der sagte: »Eine schöne Geschichte. Gefällt mir.« Er zog die Nase hoch und fügte hinzu: »So einen Armagnac von deinem Onkel, den könnte ich jetzt auch vertragen.« Alle sahen ihn überrascht an. »Was?«, fragte er. »Ja, ich kann sprechen, auch wenn ich es nicht immer so gerne tu'.«

Jacques lachte und sagte: »Ja, Pol, da bin ich ganz deiner Meinung. So ein Armagnac, das wäre jetzt etwas.«

»Vielleicht ist es besser, dass wir keinen haben«, warf Hector ein. »Zumindest für Mireia wäre das sicher keine sehr gute Idee.« Ernst betrachtete er die anderen, die ihrerseits ihn ungläubig ansahen. Was sie nur hatten?. Ja, er selber trank keinen Alkohol, denn seiner Ansicht nach vernebelte das den Verstand und verzögerte die Reflexe. Beides konnte er sich in seinem Beruf nicht leisten. Andererseits war es durchaus von Vorteil, wenn seine ›Objekte‹ im entscheidenden Moment etwas … beeinträchtigt waren, denn dann konnte er sein Messer benutzen, bevor sie überhaupt merkten, wie ihnen geschah. Er war schnell mit der Klinge, und wenn er gewollt hätte, hätte er die anderen hier im *abri* ohne viel Aufhebens erledigen können. Gut, der Franzose erschien ihm als potentieller Gegner nicht ungefährlich, auch wenn er vielleicht nicht mehr der Jüngste war. Und dieser Yeti dort in der Ecke … der war schwer einzuschätzen, sah aber nicht danach aus, als hätte er überragende Reflexe. Doch jetzt hielt er sich lieber zurück, es erschien ihm im Moment auch nicht notwendig, Zeugen zu beseitigen. Man musste sehen, wie sich der Abend weiter entwickelte.

»Mir hat deine Geschichte gefallen, Jacques«, sagte Mireia. »Ich fand die Stimmung schön, die du beschrieben hast. Dieses so bürgerliche Weihnachtsfest, die Charaktere, auch deine Angst vor der Evangeliumslesung … gerade da habe ich mich sogar ein wenig wiedergefunden. Ich finde das alles sehr plastisch, wie du es geschildert hast. Und deine arme *Mémé* – ich kann mir gut vorstellen, wie sie völlig außer Fassung war, wegen ihres zu gut versteckten Weihnachtsgeschenks. Danke, für deine Erzählung, ich konnte wirklich vergessen, wo ich bin und wie es mir geht.«

»Ich schließe mich Mireia an«, fügte Josep hinzu. »Du hast mich richtig berührt, und das ist gar nicht so einfach.« Jacques sah ihn an und nickte ihm dankend zu. Nein, er konnte sich absolut nicht vorstellen, dass Josep nur schwer zu berühren war. Im Gegenteil. Für einen harten Kerl, der er offenbar gerne sein wollte, wirkte er viel zu sehr wie ein sentimentales Weichei.

»Es ist schon eine ganze Weile her, damals war ich noch ein Kind«, sagte er. »Aber ich bin sicher, keiner aus meiner Familie hat das jemals vergessen.«

»Hast du noch Kontakt zu deiner Familie?«, fragte Mireia.

»Kaum. Meine Eltern sind schon ein paar Jahre tot, *Mémé Paulette* bereits sehr viel länger. Mein Onkel und meine Tante leben in einem Pflegeheim in der Provence, wir haben schon lange keinen Kontakt mehr. Und meine Geschwister sind in alle Winde verstreut. Wir telefonieren gelegentlich miteinander, aber höchstens einmal pro Jahr, wenn überhaupt.«

»Es ist schade, wenn eine doch offenbar intakte Familie so auseinanderbricht«, meinte nun Hector. »Gab es Konflikte bei Ihnen? Streit, einen Familienzwist? Oft hat das ja einen konkreten Anlass, wenn alles so trist endet.«

»Schwer zu sagen. Nein, einen konkreten Anlass … daran würde ich mich erinnern. Mein Vater ertrug es nicht, in den Ruhestand zu gehen, weswegen er meiner Mutter das Leben … na ja, vielleicht nicht zur Hölle machte, aber es war für sie sicher nicht leicht, mit ihm zusammenzuleben. Sie hat ihn jedoch nie verlassen, das wäre nicht ihre Art gewesen. Aber ich wollte eigentlich nicht von meinen vielleicht traurigen familiären Entwicklungen, sondern von *Mémé Paulettes* Weihnachtsstress erzählen.«

»Und das war auf jeden Fall äußerst unterhaltsam«, sagte Hector. »Wie geht es Ihnen eigentlich, *Señora …?*«

»*Señorita*«, berichtigte in Mireia.

»Oh, bitte verzeihen Sie, ich dachte … wegen Ihres Zustands … aber Sie sind doch der Vater, das habe ich richtig verstanden?«

Josep nickte. »Ja. Ja, das bin ich.«

»Nun, *Señorita,* haben sich Ihre Wehen beruhigt?«

»Für den Moment ja«, antwortete Mireia auf Hectors Frage. »Danke der Nachfrage. Ich glaube, das mit den Geschichten ist eine gute Idee, es lenkt mich wunderbar ab.« Was wollte dieser seltsame Glatzkopf? Wieso interessierte ihn ihr Zustand. Natürlich war das alles Mist, was sie da plapperte, es ging ihr ziemlich beschissen, und sie wünschte sich, sie hätte niemals diese idiotische Idee mit diesem

Spaziergang gehabt. Dann könnte sie jetzt gemütlich im Warmen sitzen und vielleicht ein Buch lesen oder eine DVD ansehen oder sich einfach von Joan betüddeln lassen. Nein, diese Situation war wirklich nur sehr schwer zu ertragen. Aber auch wenn ihr ihre drei ›Gäste‹ etwas unheimlich waren – besonders dieser Hector machte ihr Angst, mehr noch als der ›Yeti‹, der die ganze Zeit schwieg und sich kaum rührte. Der Franzose schien vergleichsweise in Ordnung zu sein, aber sie glaubte dennoch nicht daran, dass er so harmlos war, wie er sich gab – nun, auch wenn sie etwas Unheimliches an sich hatten, alle drei, so war sie doch froh, dass sie da waren. Denn auch wenn sie Josep sehr gern hatte, ja, sie liebte ihn, keine Frage, so traute sie ihm doch nicht wirklich zu, im Falle eine Geburt hier oben im *abri* die Nerven zu behalten und ihr hilfreich beistehen zu können. Das traute sie den drei zwielichtigen Gestalten sehr viel eher zu. Aber noch war es ja nicht so weit. »Nun, wer möchte denn als nächster zu unserer aller Unterhaltung beitragen? Ich bin gespannt, wie es weitergeht mit unserem Geschichtenabend im Schneesturm.«

Hector sah sich um. Josep sah nicht danach aus, als wäre er bereit zu irgendetwas. Und Pol versuchte, wenn auch vergeblich, seinen gewaltigen Körper so klein zu machen, als wäre er nicht mehr da. Na ja, versuchen konnte er es ja, der ›Yeti‹, aber schaffen würde er es nie. Also blieb es wohl an ihm hängen. »Gut, wenn niemand sonst will … aber ich möchte vorausschicken, dass ich wirklich kein sehr guter Erzähler bin. Dazu mangelt es mir an Gelegenheit. Daher bitte ich Sie alle um etwas Nachsicht.«

Jeder murmelte eine Zustimmung, und so konnte Hector beginnen.

50

IX

Yaron

Yaron lebte zur Zeit des Augustus in Judäa und war ein einfacher Hirte. Er galt als nicht sehr fleißig, als wenig zuverlässig und hatte obendrein den Ruf, bei entsprechender Bezahlung bereit zu sein, kleine krumme Dinger zu drehen. Nichts wirklich schlimmes, nein. Aber hochmoralisch und ehrenwert war Yaron eben auch nicht gerade. Allerdings waren es auch keine guten Zeiten, damals, unter römischer Besatzung. Das Volk wurde unterdrückt, durch Steuern von den Besatzern ausgepresst. Einfache Hirten, die ohnehin ein sehr hartes Auskommen hatten, litten besonders darunter.

Nun, jeder musste eben sehen, wo er bleibt. Und da kann man doch verstehen, dass ein armer Wicht wie Yaron auch mal etwas längere Finger hatte, wenn sich die Gelegenheit bot. Er übertrieb es nicht. Nur hin und wieder, wenn sich wieder einmal eines der Schafe aus der Herde verirrt hatte und trotz intensiver Suche unauffindbar blieb, hätte es Yarons Freunden durchaus auffallen können, dass er eine neue Decke hatte, neue Kleidung oder auch nur einen vollen Schlauch Wein, den er immer großzügig mit ihnen teilte. Aber sie bemerkten nie etwas. Und ich glaube, sie wollten auch gar nicht so genau hinsehen, denn abgesehen davon, dass er ein kleiner Hallodri war, galt Yaron als fröhlicher Geselle, mit dem man seinen Spaß haben und ansonsten gut auskommen konnte.

Wie gesagt, das Leben der Hirten zu jener Zeit war alles andere als ein Zuckerschlecken. Es waren nicht nur die Schafe, die es zu versorgen galt, und die den Hirten ja gar nicht gehörten. Die Tiere mussten geweidet werden, gesucht und gefunden, wenn sie sich verirrten, versorgt, wenn sie sich wieder einmal einen Dorn eingetreten hatten. Dazu musste man sie natürlich regelmäßig melken, sie säubern und ihr Fell pflegen – denn nur ein gepflegtes Vlies erzielte nach dem Scheren seinen Preis. Die Eigentümer, die waren mit dem Erlös sowieso immer unzufrieden. Und wer war dann schuld? Richtig, die Hirten. Für all ihre Mühen erhielten sie nur einen sehr kargen Lohn, wobei sie den größten Teil ihres Lebens unter freiem Himmel verbrachten.

Judäa gilt, was die Temperaturen angeht, als ein heißes Land. Aber auch in einem heißen Land kann es nachts empfindlich kalt werden, vor allem in den Wintermonaten. Denn ja, auch dort gibt es so etwas wie einen Winter, obgleich der anders aussieht, als hier bei uns.

Der Winter in jenem Jahr, in dem meine Geschichte spielt, war besonders kalt. Niemand konnte sich an einen vergleichbar kalten Winter erinnern. Natürlich liegt in dieser Gegend, in Judäa, kein Schnee. Aber trotzdem kann es für jemanden, der die Nacht im Freien verbringen muss, recht ungemütlich werden.

Yaron und die anderen Hirten hatten sich ein kleines Feuer gemacht. Brennmaterial war kostbar, und sie mussten sparsam damit umgehen. Jeder von ihnen hatte sich in eine Decke gehüllt und sie lagen dicht aneinandergedrängt, um sich gegenseitig ein wenig zu wärmen. Abwechselnd hielt jeweils einer von ihnen für ein paar Stunden Wache und achtete dabei auch darauf, dass das Feuer nicht ausging. Eine kalte, aber scheinbar friedliche Nacht, wie so manche andere auch.

Es war bereits nach Mitternacht, als es geschah. Eine Gruppe vermummter Männer fiel über die schlafenden Hirten her. Benjamin, der an der Reihe war, Wache zu halten, war eingenickt und hatte nicht bemerkt, wie sich die Angreifer angeschlichen hatten. Die schlaftrunkenen Hirten versuchten, sich so gut es ging zu wehren. Aber gegen die knüppelschwingende Horde hatten sie nicht die geringste Chance. Nach kurzem, heftigem Kampf waren sie besiegt und lagen brutal niedergeknüppelt am Boden. So schnell, wie sie aufgetaucht waren, verschwanden die Vermummten auch wieder in der Dunkelheit, allerdings nicht ohne einen beträchtlichen Teil der Schafherde mitzunehmen.

Nur langsam kamen die Hirten wieder zu sich und erkannten, was ihnen da widerfahren war. Nachdem sie das, was von der Herde übrig geblieben war, wieder beruhigt hatten, bemerkten sie, dass Yaron sich noch immer nicht rührte und bewegungslos mit blutüberströmtem Kopf am Boden lag. Er atmete schwach und war ohne jedes Bewusstsein.

»Das sieht ziemlich schlimm aus«, sagte Samuel, der älteste unter den Hirten. »Wir müssen ihn so schnell wie möglich zu einem Heiler bringen.«

»Und wovon sollen wir das bezahlen?«, antwortete Jakob. »Wir können uns das nicht leisten. Wir haben kaum noch Geld.«

»Außerdem gibt es hier in der Gegend keinen Heiler, wir müssten einen weiten Weg gehen, und die Herde wäre nicht geschützt«, sagte Ismael.

Schließlich beschlossen sie, Yaron so gut sie es eben vermochten selber zu versorgen.

Der Tag verging, ohne dass er das Bewusstsein wiedererlangt hätte. Yaron stöhnte, und immer wieder bewegte er sich unruhig. Er schien stetig schwächer zu werden.

Als sie am Abend wieder um das Feuer saßen und Rat hielten, wurden sie von einer Männerstimme angesprochen.

»Schalom, Ihr Hirten. Sagt, habt ihr an eurem Feuer noch Platz für zwei arme Wanderer?«

Sie blickten auf und nahmen in der Dämmerung einen großen Mann wahr, der einen Esel führte, auf dem eine ganz offensichtlich schwangere Frau saß. Beide wirkten harmlos, und so luden die Hirten sie ein, sich zu ihnen zu setzen. Es waren ein Zimmermann und seine Frau, beides Nazarener, die sich aufgrund der Volkszählung auf dem Weg nach Bethlehem befanden, dem Geburtsort des Mannes, der Josef hieß.

»Es ist eine mühsame Reise, und zum Glück haben wir unseren kleinen Esel, der die Maria, meine Frau, tragen kann. Sie ist schwanger und kann jeden Augenblick ihr Kind bekommen. Natürlich sollte sie in ihrem Zustand nicht reisen, aber was bleibt uns kleinen Leuten übrig? Wenn der Kaiser befiehlt, dann bleibt uns nichts anderes übrig, als zu gehorchen.«

Inzwischen hatte sich Maria zu dem etwas abseits liegenden, leise stöhnenden Yaron gekniet.

»Was ist mit ihm?«, fragte sie.

»Wir wurden letzte Nacht überfallen«, antwortete einer der Hirten. »Yaron wurde dabei sehr schwer verletzt und ist seit dem Überfall nicht mehr zu sich gekommen. Ich fürchte, er wird diese Nacht nicht überleben.«

Maria machte ihren Schleier nass und betupfte damit sanft Yarons Stirn. Er stöhnte leise.

Die Nacht verbrachten sie um das Feuer herum liegend. Die Hirten hatten für Maria ein Schaffell geholt, auf dem sie den Umständen entsprechend einigermaßen bequem, vor allem jedoch warm liegen konnte.

Am nächsten Morgen brachen Maria und Josef sehr früh auf. Sie hofften, womöglich noch vor Einbruch der Nacht Bethlehem zu erreichen.

Die Hirten verrichteten ihr Tagewerk. Alle waren sie sehr überrascht, als Yaron gegen Mittag die Augen aufschlug und nach seinen Freunden rief. Sofort kamen sie angerannt. Sie lachten, machten derbe Scherze und konnten sich vor Freude über die überraschende Besserung von Yarons Zustand kaum beruhigen.

Später noch, als sie am Abend ihre Arbeit beendeten, waren sie ganz außer sich. Yaron fühlte sich ziemlich schwach, er war aber froh, am Leben sein.

Die Stimmung der Männer schien sich auf die Schafe zu übertragen, denn die Tiere waren an diesem Abend unruhig wie selten. Es dauerte lange, bis sich die Herde einigermaßen beruhigt hatte. Als sie sich später zum Schlafen ums Feuer legten, blieb der Schlaf der Hirten leicht, und keinem gelang es, in richtig tiefe Träume zu versinken.

* * *

Mitten in der Nacht erwachten sie plötzlich, als der Himmel hell zu leuchten begann und laute Musik erklang. Als die Hirten aufschreckten, sahen sie, wie über ihnen am Himmel Engel schwebten, die laut und jubelnd sangen.

Jeder, der so etwas schon einmal erlebt hat, wird bestätigen, dass laut jubelnde Engel für Menschen ein ungewohnter und ein wenig furchterregender Anblick sind. Daher ist es kaum verwunderlich, dass die Hirten es ordentlich mit der Angst zu tun bekamen. Und als dann auch noch einer der Engel, ein besonders großer und schöner, stolz daherschwebender, so etwas wie der Anführer der Himmelsboten, auf sie zukam und mit laut tönender Stimme sagte: »Fürchtet euch nicht«, da fiel der alte Jonathan vor Schreck doch glatt in Ohnmacht. »Siehe«, fuhr der Engel fort, »ich verkündige euch große Freude, die allem Volk widerfahren wird. Denn euch ist heute der Heiland geboren, welcher ist Christus, der Herr, in der Stadt Davids. Und das habt zum Zeichen: Ihr werdet finden das Kind in Windeln gewickelt und in einer Krippe liegen.«

Er schwebte hoch zu den anderen Engeln, und sie sangen noch ein Weilchen laut und furchterregend, bevor sie schließlich nach oben in den Himmel verschwanden und es wieder dunkel wurde.

Die Hirten standen um ihr Feuer und sahen sich verwirrt an. Der Heiland war geboren? In einem Stall in Bethlehem, also ganz in der Nähe? Das war kaum zu glauben, das mussten sie mit eigenen Augen sehen. Also beschlossen die Hirten, sich umgehend auf den Weg zu machen.

»Wir müssen ihm etwas mitbringen, ein Geschenk«, sagte Samuel. »Man geht nicht zum Heiland, ohne im etwas zu schenken.«

Und so einigten sie sich darauf, dem Kind ein Schaffell zu schenken. Etwas Milch und Käse hatten sie auch noch.

»Das kann so ein Kind immer brauchen«, sagte der alte Jonathan.

»Und was machen wir mit Yaron?«, fragte Benjamin. »Er ist wohl kaum in der Lage, einen solchen Fußmarsch zu bewältigen.«

Sie beschlossen, Yaron zurückzulassen. Schließlich musste ja auch jemanden bei den Schafen bleiben. Nachdem so alles geregelt war, zogen die Hirten eilig los und machten sich auf den Weg nach Bethlehem.

Jeder kann sich mühelos ausmalen, dass Yaron nicht sehr erfreut darüber war, zurückgelassen zu werden. Auch er wollte dieses Kind sehen, dieses Wunder, wenn es denn nun wirklich der Heiland sein sollte. Was allerdings kaum vorstellbar war. Der Heiland. Der König. Der Messias. Ausgerechnet hier, bei ihnen. Nicht etwa in einem Palast in einer großen Stadt. Nein, allem Anschein nach in einem Stall, bei einem Dorf mitten im Nirgendwo. Das wollte er nur glauben, wenn er es mit eigenen Augen gesehen hatte. Mühsam raffte Yaron sich auf. Schwindelig war ihm, er fühlte sich schwach und elend. Er musste gehen, aber konnte er die Herde alleine lassen?

›Nun‹, dachte er, ›die Engel hätten uns sicher nicht auf den Weg nach Bethlehem geschickt, wenn die Herde hier in Gefahr wäre.‹

Und Schritt für Schritt, zunächst unsicher, dann aber nach und nach kräftiger ausschreitend, folgte er seinen Freunden auf ihrem Weg nach Bethlehem.

Für Yaron wurde es ein langer Weg. Schon bald begann sein Kopf zu schmerzen, ihn schwindelte, und nachdem er anfangs gut vorangekommen war, musste er, je weiter er kam, immer öfter eine Pause einlegen. Dabei wagte er es nicht, sich hinzusetzen, da er Angst hatte, nicht mehr hochzukommen. Und so war es bereits früher Morgen, als er schließlich den Ortsrand von Bethlehem erreichte. Seine kaum verheilte Kopfwunde war auf dem Weg wieder aufgeplatzt und blutete jetzt. Schwer atmend stützte er sich auf seinen Stab. Jetzt hieß es nur noch, diesen Stall zu finden. Aufmerksam sah er sich um. Da, dort hinten. Ein ziemlich baufälliger Stall, aber der einzige, durch dessen zahlreiche Ritzen etwas Licht schimmerte. Das musste er sein. Langsam ging Yaron darauf zu. Er hörte leises Flüstern durch die Nacht dringen und konnte im Näherkommen Stimmen seiner Freunde erkennen. Ja, hier war er richtig.

Sachte öffnete Yaron die Tür und blickte in den Stall.

Der war erfüllt von einem warmen, freundlichen Leuchten, viel zu hell, als dass es nur von der einen, etwas funzeligen Laterne herrühren konnte, die an einem Pfosten in der Mitte aufgehängt war. Neben der Krippe kniete das Paar, das gestern bei ihnen und ihrer Herde übernachtet hatte. Richtig, Maria und Joseph hießen sie, sie waren aus Nazareth. Hinter der Krippe standen ein Ochse und ein Esel, davor knieten seine Freunde. Sie schienen zu beten, bis auf Samuel und Jonathan, die leise flüsternd miteinander redeten.

Vorsichtig, ohne ein Geräusch zu machen, betrat Yaron den Stall und schloss hinter sich geräuschlos die Tür. Alles wirkte so friedlich, so einträchtig, als sei in dem Bild, das sich ihm bot, alles so, wie es sein musste. Langsam näherte Yaron sich der Krippe.

Als die Hirten seine Anwesenheit wahrnahmen, machten sie ihm Platz. Keiner von ihnen fragte, wie er, der

Schwerverletzte, hierher gekommen sei. Es schien selbstverständlich, dass er hier sei, fast so, als hätten sie ihn erwartet, als gehöre er, so wie sie, hierher. Keiner fragte ihn nach den Schafen, als sei sonnenklar, das er sie in Sicherheit und wohlbehütet zurückgelassen habe.

Yaron näherte sich der Krippe. Im Näherkommen sah er, dass darin ein Kind lag. Aber es war ein Kind, wie er noch nie eines gesehen hatte. Friedlich lächelnd strahlte es ihn mit offenem Blick an, ganz anders als die eher etwas schrumpeligen Neugeborenen, wie er sie schon gesehen hatte, die mit ihren fest zusammengekniffenen Augen auf ihn immer den Eindruck machten, als seien sie gegen ihren Willen in eine Welt gerissen worden, für die sie noch so wenig bereit waren, dass sie sie gar nicht sehen wollten.

Nein, dieses Kind schien zu sagen: ›Schau, Yaron, ihr habt lange auf mich gewartet, aber jetzt bin ich hier, genau da, wo ich hinwollte, genau zum richtigen Zeitpunkt. Und auch du bist gekommen, Yaron, wie schön. Ich freue mich, dich hier zu sehen.‹

Maria lächelte ihn an und winkte ihm, näher zu kommen. Langsam, fast schüchtern trat Yaron an die Krippe, kniete vor ihr nieder und reichte dem Kind einen Finger. Eigentlich war er sonst unbeholfen, beinahe schüchtern im Umgang mit kleinen Kindern, und er wusste nie, wie er sich verhalten sollte. Aber bei diesem besonderen Kind fühlte er sich wohl, und er spürte keinerlei Scheu, als es seine kleine Hand ausstreckte und mit festem Griff seinen Finger packte. Und in dem Moment, da er den festen Griff dieser kleinen Kinderhand spürte, fielen alle Schmerzen von ihm ab, alle Wunden schlossen sich, die Kräfte kehrten in seinen geschwächten Körper zurück, und von einem

Moment auf den anderen war Yaron von seinen Verletzungen vollkommen genesen.

Noch lange blieben Yaron und seine Freunde bei dem Kind, bei Maria und Josef, dem Ochsen und dem Esel. Sie erlebten sogar die Ankunft dreier seltsamer, etwas verschroben wirkender, aber überaus vornehm gekleideter Sterndeuter, die ganz offenbar einen sehr weiten Weg gekommen waren, um das Kind zu sehen.

Schließlich brachen die Hirten wieder auf, um zu ihrer Herde zurückzukehren. Doch auf ihrem Weg zurück machten sie lauter Umwege, hielten an jedem Haus, weckten alle Bewohner und erzählten ihnen von dem großen Wunder, das sie in dieser Nacht erlebt hatten.

X

Als Hector geendet hatte, sah er seine schweigend dasitzenden Zuhörer der Reihe nach an. »Bitte, das war meine Geschichte«, sagte er, und allen fiel auf, dass sein Tonfall bei Weitem nicht von dieser schneidenden Härte war wie zuvor, ja, dass man ihn beinahe verbindlich hätte nennen können – zumindest für Hectors Verhältnisse, so, wie er sich bisher präsentiert hatte.

»Ist diese Geschichte von Ihnen?«, wagte Josep beinahe nicht zu fragen. »Wissen Sie, ich kenne viele Weihnachtsgeschichten, aber diese hier ist mir vollkommen unbekannt.«

»Nein«, antwortete Hector, sich langsam seinem eigentlichen Tonfall wieder annähernd. »Nein, ich bin kein ›Geschichtenerfinder‹.« Dieses Wort sprach er beinahe mit leiser Verachtung aus. »Sie ist von einem Pfarrer, den ich in meiner Kindheit kannte. Er dachte sich ständig und zu allen möglichen Anlässen im Lauf des Kirchenjahres solche Geschichten aus, die er dann in seinen Messen erzählte, oft anstelle der Bibellesungen. Außerdem schrieb er Krippenspiele, jedes Jahr ein neues, das er dann mit den Schulkindern einstudierte.« Er räusperte sich, bevor er fortfuhr. »Seine Geschichten waren wie Eintagsfliegen und bereits kurz nach der jeweiligen Messe wieder vergessen. Diese hier, von Yaron, hat er allerdings öfter erzählt und sie einmal sogar als Grundlage für eines seiner Krippenspiele genommen. Sie scheint ihm besonders gefallen zu haben.«

»Haben Sie auch bei diesen Krippenspielen mitgewirkt?«, fragte Jacques. Aber Hector antwortete nicht.

Nach einem Moment der Stille fragte Mireia freundlich: »Woher kommen Sie eigentlich? Sie sind doch Spanier, nicht wahr? Aber sie klingen nicht nach dem Norden, ich würde von Ihrem Tonfall her eher auf die Gegend um Sevilla herum tippen. Liege ich da richtig?«

»Das geht Sie absolut nichts an«, zischte Hector aggressiv. »Ich horche Sie alle ja auch nicht aus. Belassen wir es dabei, dann gibt es auch keine Probleme.«

Erschrocken rückte Mireia näher an Josep heran, der den Kahlkopf entgeistert ansah. Alle hielten den Atem an, bis Jacques schließlich sagte: »Es ist schon gut, ich bin sicher, sie wollte Sie nicht aushorchen, sondern nur Konversation machen. Aber wenn ich mich so umschaue, habe ich durchaus ein wenig den Eindruck, dass es zumindest uns drei einsamen Wanderern ganz recht wäre, speziell dieses Thema nicht zu vertiefen. Ich denke, warum das so ist, dürfte kaum eine Rolle spielen. Daher schlage ich vor, wir sprechen lieber über andere, unverfänglichere Dinge.« Er sah sich um, während sich die Gemüter langsam wieder beruhigten. »Also, wie sieht es mit dir aus … Pol, war dein Name, richtig?« Pol nickte kaum merklich. »Schön. Wie sieht's aus, Pol? Hast du eine Geschichte, die du erzählen könntest? Irgendeine?«

Pol schwieg. Diesen Moment hatte er gefürchtet. Nein, er war es einfach nicht gewohnt, mit anderen Menschen zusammenzusein, gemeinsam dazusitzen und sich Dinge zu erzählen. Er fragte sich, wie lange es wohl her sein mochte, dass er mehr als nur ein paar Sätze gesprochen hatte. Da war er noch jung gewesen, sehr jung. Und selbst damals war es ihm schwergefallen, etwas zu erzählen. Er betrachtete die anderen der Reihe nach. Wie sollte er nur aus dieser Situation wieder herauskommen. Beiläufig begann er, über die Felle in seinem Bündel zu streichen. in diesem Moment zuckte Mireia wieder zusammen und stöhnte auf.

»Eine neue Wehe«, sagte Hector. »Ich fürchte, Sie sollten sich ernsthaft darauf einstellen, dass dieser *abri* Ihr Kreißsaal sein wird. Ich glaube kaum, dass Sie es noch zu Ihrem *refugio* schaffen, geschweige denn ins nächste Krankenhaus.«

»Sie meinen, das Kind wird hier zur Welt kommen?« Nackte Panik klang aus Joseps Stimme. »Aber hier ist nichts! Und wir haben keinen Arzt, keine Hebamme, hier sind nur wir! Wer von euch weiß, was man tun muss? Ich nicht!«

»Ganz ruhig«, versuchte Jacques, den werdenden Vater zu beruhigen. »Kennt sich jemand von euch mit Geburten ein wenig aus?« Keiner reagierte. »Kein Erste-Hilfe-Kurs, wo derlei zur Sprache gekommen wäre? Keine sonstige Erfahrung?«

»Ich war öfters dabei, wenn Ziegen ihre Jungen warfen«, sagte Mireia gepresst. »Ich bin mir aber nicht sicher, ob das hier hilfreich ist.«

»Wahrscheinlich weniger, da Sie es ja sind, die die Hauptrolle bei diesem Ereignis spielt. Deswegen dürften Sie kaum in der Lage sein, von außen mit Rat oder Tat eingreifen zu können«, sagte Hector. »Und auch wenn das Grundprinzip einer Geburt bei Säugetieren – und ohne Ihnen zu nahe treten zu wollen, aber nichts anderes sind Sie ja, *Señorita* – immer dasselbe ist, so gibt es doch feine Unterschiede.«

»Aus irgendeinem Grund habe ich das Gefühl, dass Sie von uns allen am ehesten so etwas wie einen Plan haben«, sagte Jacques. »Mein Wissen beschränkt sich darauf, was ich aus Spielfilmen weiß, und dort erfährt man selten mehr, als dass heißes Wasser und saubere Tücher benötigt werden.«

»Heißes Wasser ist kein Fehler«, sagte Hector. »Und wir sollten uns beizeiten darum kümmern. Gibt es hier so etwas wie einen Topf oder Kessel?«

Mireia, deren Wehe für den Moment offenbar vorbei war, wies auf das Regal in der Ecke. »Dort hinten, aber er ist nicht sehr sauber.«

»Jacques würden Sie mir den Topf reichen, wenn Sie drankommen? Und dann sollten wir vielleicht die Plätze tauschen, sodass ich näher bei Mireia sitze. Josep, bitte feuern Sie den Ofen etwas an. Und Pol?«

»Ja?«, brummte der Angesprochene. »Ich sag aber gleich, ich hab keine Ahnung.«

»Nun, das, was ich von Ihnen möchte, sollten Sie bewerkstelligen können. Nehmen Sie den Topf und holen Sie Schnee. Füllen Sie ihn so voll und kompakt, wie es nur geht.«

»Kom-pakt?«

»Drück den Schnee ordentlich fest«, erklärte Jacques. »Sonst ist es nachher zu wenig Wasser. Und am besten versuchst du, den Topf vorher etwas sauber zu machen.«

Pol nickte. Er nahm den Topf und öffnete die Tür. Ein heftiger Windstoß wirbelte eine ordentliche Ladung

Schnee herein. Pol zwängte sich durch die Türöffnung nach draußen und schloss die Tür hinter sich.

»Er wirkte etwas verwirrt und panisch«, sagte Jacques. »Hoffentlich zieht er den Schneesturm nicht unserer Gesellschaft vor und verschwindet einfach.«

»Das wird er nicht. Sein Bündel mit den Fellen liegt noch in der Ecke«, stellte Hector nüchtern fest. »So, das Wasser ist auf dem Weg. Woher bekommen wir jetzt aber die Tücher?«

Sie sahen sich an. Offenbar hatte keiner eine zündende Idee.

»Ich habe ein Halstuch«, sagte Mireia. »Das wäre doch schon einmal ein Anfang.«

»Gute Idee. Ich könnte mein Hemd zur Verfügung stellen«, fügte Josep hinzu. »Schließlich bin ich der Vater, und ich trage sowieso ein T-Shirt darunter.« Und er begann seine Jacke und darauf sein Hemd auszuziehen.

In diesem Moment öffnete sich wieder die Tür. Pol kam herein und zeigte seinen mit Schnee gefüllten Topf. »Ist das ›komakt‹ genug?«, fragte er.

»Kompakt«, korrigierte Hector. »Ja, das ist so, wie ich es mir vorgestellt hatte. Josep, stellen Sie den Topf bitte auf den Ofen? Und geben Sie mir Ihr Hemd.«

Josep und Hector tauschten Topf und Hemd. Dann zog der Kahlkopf ein langes, gefährlich aussehendes Schnappmesser aus der Tasche und öffnete es mit einem Knopfdruck.

»Das benutzen Sie aber nicht gerade zum Kartoffelschälen«, sagte Jacques.

»Nein, dafür ist es etwas zu scharf«, antwortet Hector und schnitt Joseps Hemd in einzelne Stücke. Das Messer glitt durch den Stoff wie durch Butter.

Schließlich war alles vorbereitet, was vorzubereiten war: Der Schnee im Topf begann zu schmelzen, die Stoffstücke und Mireias Halstuch lagen bereit, und es blieb nichts mehr zu tun, als zu warten. Die Temperatur im Raum hatte sich merklich erhöht.

»So, und damit wären wir wieder bei der nächsten Geschichte«, stellte Jacques fest. »Pol, ich glaube, du bist an der Reihe.«

Pol sah ihn traurig an. Dann nickte er. »Ich hab draußen nachgedacht«, sagte er dann. »Und ich glaube, ich habe da etwas, das ich erzählen könnte.«

XI

Wie Weihnachten in den Wald kam

Ich bin kein großer Erzähler, wisst ihr. Das liegt mir nicht, Wörter und so. Ich schweige lieber und höre zu. Aber gut, wenn ihr darauf besteht und es wirklich wollt ...

Es ist schon lange her, dass ich Weihnachten so gefeiert habe, wie es von den anderen Menschen gefeiert wird. So wie bei ihm, bei Jacques, mit Liedern, Geschichten und so. Meine Großmutter, meine *àvia,* hat uns damals, als wir noch Kinder waren, Geschichten erzählt. Auch über Weihnachten. Also, was ich euch jetzt erzählen will, ist eigentlich eine Geschichte für Kinder, keine Erwachsenengeschichte, so wie die von Jacques oder Hector. Beklagt euch darum nicht, wenn sie euch nicht gefällt.

Vor langer Zeit lebte im Wald eine Hasenfamilie. Vater Luca, Mutter Alba mit drei jungen Häschen. Es ging ihnen so, wie es Hasen in der Wildnis eben geht. Es gab Wölfe, Bären, Wildkatzen und andere Tiere, denen man besser nicht begegnete. Oder vor denen man, falls doch, besser schnell die Flucht ergriff. Im Winter war es außerdem sehr kalt, und die Hasen drängten sich in ihrem Bau dicht aneinander, um weniger zu frieren.

Die drei Jungtiere unserer Hasenfamilie – nennen wir die beiden Mädchen Eda und Ona, der Junge könnte Rui heißen – also Eda, Ona und Rui hatten von ihren Freunden, den Vögeln – die kamen viel herum und hatten schon viel gesehen – also die Vögel hatten den Dreien von einem großen Fest erzählt, das die Menschen jedes Jahr zur Zeit der Wintersonnenwende feierten.

»Die Städte sind Lichtermeere, so sehr leuchten sie. Alles glitzert und blinkt, es ist eine wahre Pracht«, hatte ihnen der Spatz Baptiste erzählt.

»Ja, und die Menschen singen miteinander auf der Straße, sie strahlen, so sehr freuen sie sich. Sie beschenken sich und sehen so viel zufriedener aus als sonst das Jahr über«, fügte seine Freundin Catalina hinzu.

Die beiden erzählten den jungen Häschen von Lichterbäumen, gerösteten Kastanien und allen möglichen anderen Leckereien. Eda, Ona und Rui lauschten gebannt, mit großen Augen. Das würden sie auch gerne einmal erleben, so ein großes Fest.

Als sie an diesem Abend nach Hause kamen, bestürmten sie ihre Eltern, ebenfalls ein Sonnwendfest mit Lichtern und Liedern und vor allem natürlich mit Geschenken zu feiern.

»Baptiste und Catalina haben uns davon erzählt. Es soll so unglaublich schön sein. Und so etwas können wir doch auch. Bitte Mama, Papa – lasst uns auch ein solches Wintersonnwendfest feiern.«

Alba war ganz gerührt von ihren drei Kleinen, die mit großen Häschenaugen ihre Bitte vorbrachten. Sie spürte, wie sie begann, dahinzuschmelzen, als ihr Blick auf Luca fiel. Mit ernstem Blick sah er Eda, Ona und Rui an, die Ohren eng an den Kopf gelegt, und das war niemals ein gutes Zeichen. Er wartete ab, bis die drei eine Pause einlegten, dann sagte er: »Ich weiß von diesem Sonnwendfest der Menschen, ich habe viel darüber gehört. Die Menschen nennen es Weihnachten, und sie feiern damit die Geburt irgendeines Erlösers, glaube ich. Aber ich halte es für keine gute Idee, wenn wir Hasen die Feste der Menschen übernehmen. Menschen leben in ihrer Welt, wir Hasen in unserer. Es gibt da eine klare Grenze, und zumindest für uns ist es bisher noch nie gut ausgegangen, wenn diese Grenze überschritten wurde. Also nein, ich bin dagegen, in diesem Wald Weihnachten zu feiern. Soll das Fest besser bei den Menschen bleiben.«

Natürlich wollten Eda, Ona und Rui es nicht bei dieser Absage belassen. Sie baten und bettelten, bedrängten ihren Vater, forderten ihre Mutter auf, sie gegen dessen Hartherzigkeit zu unterstützen, sie ließen ihren Eltern keine Ruhe. Schließlich beendete Luca den Disput mit einem deutlichen, lauten Machtwort: »Schluss jetzt! Ich habe gesagt, dass es kein solches Fest geben wird, und dabei bleibt es! Dies ist mein letztes Wort!«

Die Kinder waren wie gelähmt. So zornig hatten sie ihren eigentlich sonst sehr friedlichen Vater noch nicht erlebt. Ihre Unterlippen begannen zu zittern, Tränen schossen in ihre Augen, und voller Empörung drehten sie sich um und verließen den Bau. Alba versuchte vergeblich, sie aufzuhalten. Eda, Ona und Rui hörten nicht und hoppelten in Windeseile hinaus in den tief verschneiten Winterwald.

»Da siehst du, was du wieder einmal angerichtet hast!«, fuhr Alba Luca an. »Musst du immer gleich so vernagelt sein, wenn die Kinder dich einmal um etwas bitten?«

Luca war wie vor den Kopf gestoßen, denn normalerweise warf sie ihm eher vor, dass er ihren Kindern gegenüber zu weich und zu nachgiebig sei. Er versuchte, sich gegen Alba zu wehren, hatte aber gegen die schimpfende Hasenmutter keine Chance.

»Jetzt geh' und such sie«, beendete Alba ihre Tirade. »Und wage es nicht, ohne die Kinder wieder nach Hause zu kommen!«

Murrend verließ Luca den Bau und folgte den Spuren der drei Häschen in den Wald. Zunächst waren die in dem frisch gefallenen Schnee noch gut zu erkennen. Aber schließlich verloren sie sich im Unterholz. Immer wieder musste Luca stehen bleiben, zurückhoppeln, um zu versuchen, die Spur neu aufzunehmen. Schließlich hatte er sie ganz verloren. Verzweifelt blickte er sich um. Er saß inmitten einer kleinen Lichtung, und die einzigen Spuren, die er sah, waren seine eigenen. »Eda?«, rief er in den Wald hinein. »Ona? Rui?« Doch er erhielt keine Antwort. Was nur sollte er tun?

»Guten Abend, Langohr.« Luca erschrak. Der Klang der Stimme, die er plötzlich hörte, war sanft und freundlich, aber von einer, wie ihm schien, trügerischen, gefährlichen Sanftheit und Freundlichkeit. »Sag, was treibt dich um diese Zeit noch in den Wald? Solltest du dich nicht eher mit deinesgleichen in irgendeinem Erdloch verstecken? Der Wald ist gefährlich für jemanden wie dich.«

Der Hasenvater drehte sich um und erstarrte, als er in die glühenden Bernsteinaugen eines Wolfes blickte. Das Tier hatte sein großes Wolfsmaul zu einer Grimasse verzogen, die wohl so etwas wie ein freundliches Lächeln darstellen sollte, durch die deutlich sichtbaren spitzen Zähne aber eindeutig bedrohlich wirkte. Luca blickte sich um. Er hatte keine Chance zu fliehen, denn die Lichtung war von allen Seiten von undurchdringlichem Dickicht umgeben.

Der einzige Zugang war von dem Wolf versperrt, der nur wenige Zentimeter von ihm entfernt auf dem Boden kauerte.

* * *

Gleichzeitig wagten Eda, Ona und Rui, die nur wenige Schritte entfernt im Gestrüpp saßen, es kaum, zu atmen. Was sie da durch die dichten Zweige sehen mussten, erschreckte sie zu Tode. Ihr Vater Auge in Auge mit einem großen, sehr hungrig aussehenden Wolf. Das würde, das musste übel enden. Was konnten sie nur tun?

* * *

»Einen wunderschönen guten Tag, mein lieber Wolf.« Lucas Stimme zitterte deutlich. »Ja, der Wald und seine Gefahren. Aber was hilft es? Manchmal treibt es uns eben aus dem gemütlichen Bau, weil die Dinge es erfordern. Ich nehme an, du kennst das. Sicher kennst du das, du bist ja bestimmt auch nicht zum Vergnügen bei diesem Wetter unterwegs.«

»Nein«, antwortete der Wolf verdrießlich, »es ist kein Vergnügen, wenn einem bei dieser Eiseskälte der Magen knurrt.« Er legte sich auf den Boden, und plötzlich bekam die Situation beinahe etwas gemütliches, ein unverhofftes Treffen zweier guter Freunde zu einem kleinen Schwätzchen. »Aber vielleicht kannst du mir ja helfen, dieses Problem zu lösen.«

»Das bezweifle ich«, antworte Luca. »Denn siehst du, ich habe meine eigenen Sorgen, die mich umtreiben.«

»Hast du das?«, fragte in übertriebener Anteilnahme der Wolf. »Nun, wir könnten uns ja gegenseitig helfen. Nachdem ich dir von meinen Nöten erzählt habe, darfst du gerne deine Sorgen mit mir teilen.« Breit grinste er den Hasen an. Sein Abendimbiss schien ganz unterhaltsame Formen anzunehmen.

»Na ja«, sagte Luca, »ich bin mir nicht ganz sicher, ob du mir helfen kannst. Weißt du, lieber Wolf, ich bin auf der Suche nach meinen Kindern. Ja, wir haben uns ein wenig gestritten, wie das wohl in jeder Familie vorkommt, und sie sind weggerannt. Jetzt suche ich sie, aber ich habe leider ihre Spuren verloren.« Luca schluckte. »Du hast sie nicht zufällig … gesehen?«

* * *

Die im Dickicht versteckten drei Häschen sahen sich an. Ihr Vater hatte sie gesucht. Nachdem sie weggelaufen waren. Waren sie jetzt schuld daran, wenn er gleich aufgefressen würde? Und was würde mit ihnen geschehen, wenn der Wolf auch sie entdeckte? Eda gab den beiden anderen ein Zeichen, ihr zu folgen, und sie hoppelten so weit beiseite, dass der Wolf sie nicht mehr hören konnte.

»Ich habe eine Idee«, flüsterte Eda ihren Geschwistern zu. »Ich kann versuchen, Hilfe zu holen.«

»Du? Hilfe holen? Wie soll das gehen?«, fragte Rui.

»Das zu erklären dauert jetzt zu lang«, antwortete Eda. »Ihr bleibt hier und passt auf euch auf. Wenn alles gut geht, bin ich bald zurück.«

Und – Husch – drehte sie sich um und verschwand im Wald, ehe die beiden anderen noch etwas sagen konnten. Ratlos sahen Ona und Rui sich an, bevor sie sich langsam und vorsichtig zurück zu ihrem Beobachtungsposten begaben.

* * *

›Das wird ja immer besser‹, dachte der Wolf. ›Erst den fetten Hasenvater, dann zum Nachtisch junge zarte Häschen. Ein wahres Festmahl.‹

»Nein, Langohr, ich habe leider nichts von deinen Kindern gesehen«, sagte er schließlich zu Luca. »Aber sei versichert, ich werde selbstverständlich nach ihnen Ausschau halten, wenn wir beide hier fertig sind.«

* * *

Inzwischen hoppelte Eda in Windeseile durch den Wald. Sie war auf der Suche nach Marti, ihrem Freund. Im Sommer hatten sie sich kennengelernt, mehr durch Zufall. An dem Tag hatte sie sich mit Ona und Rui gestritten und war voller Zorn allein in den Wald gehoppelt, obwohl sie das eigentlich gar nicht gedurft hätte. Dabei war sie ganz unverhofft auf Marti gestoßen, was ihr zunächst einen Heidenschreck eingejagt hatte. Verständlicherweise, denn Marti war ein junger Braunbär und gehörte damit zu den ›Wirklich-gefährlichen-Lebewesen‹, vor denen ihre Eltern sie immer gewarnt hatten: Menschen, Wölfe – und eben Bären. Aber Marti erwies sich als harmlos, knuddelig und verspielt. Sehr schnell freundeten sie sich an und verbrachten gemeinsam einen wunderbaren Sommer. Bis dann bei Einbruch des Winters Marti sich von ihr verabschiedete, wegen der Winterruhe. Im Frühjahr wollten sie sich wiedersehen. Winterruhe, das hatte Marti ihr erklärt, war weniger tief als ein Winterschlaf, weswegen Braunbären aus der Winterruhe geweckt werden konnten. Und genau das hatte Eda vor. Sie wollte Marti wecken und zu ihrem Vater und dem Wolf mitnehmen, damit der Bär den Wolf … was auch immer, fressen, verjagen oder sonst etwas würde. Aber so weit hatte sie ihren Plan noch nicht gedacht. Jetzt musste sie erst einmal die Höhle finden, wo Marti mit seiner Mutter winterruhte, oder wie man das nennen mochte. Und hoffen, dass Martis Mutter sie nicht fressen würde, denn Marti hatte ihr gegenüber seine Freundin genauso wenig erwähnt, wie Eda den Bären bei sich zuhause.

So ungefähr wusste sie ja, wo sich die Höhle befand, aber der verschneite Wald sah so ganz anders aus als im Sommer. Fieberhaft begann sie zu suchen. Und richtig, da hinten, bei dem umgestürzten Baum – sah das nicht aus wie eine Höhle?

* * *

»Ich denke, wir sollten unser Gespräch etwas abkürzen, schon allein wegen deiner vermissten Kinder«, sagte der Wolf zu Luca. »Ich würde dann unser beider Probleme gewissermaßen mit einem Happs lösen und mich dann gewissenhaft um deine Kinder kümmern.«

»Das heißt«, antwortete Luca, »du willst mich auffressen.«

»Nun, das ist der Lauf der Welt, oder etwa nicht?«

»Könntest du dich vielleicht dazu durchringen, dieses eine Mal dem Lauf der Welt nicht zu folgen? Schau, ich bin ein kleiner Hase, in einem langen, kargen Winter. An mir ist nichts dran. Lange wirst du von mir nicht satt sein.«

»Eben deswegen werde ich, ganz in deinem Sinne, gleich nachdem wir hier fertig sind, deine Kinder suchen. Sie werden dazu beitragen, dass ich ein wenig länger satt bleibe.«

74

»Aber, mein lieber Wolf«, entgegnete Luca verzweifelt, »weißt du nicht, was heute für ein Fest ist?«

»Ein Fest? Heute ist Wintersonnenwende, aber ich wüsste nicht, seit wann dies mit einem Fest gefeiert wird.«

»Die Menschen ...«

»Ach bleib mir fort mit den Menschen. Sie sind eine Plage. Sie jagen uns, ziehen uns die Haut ab, und das alles nur, weil wir Wölfe uns hin und wieder eines ihrer Schafe holen.« Der Wolf schien seine gute Laune verloren zu haben.

»Für die Menschen ist dieses Fest ein Fest des Friedens. Sie feiern damit einen Erlöser, habe ich sagen hören. Friede für alle. Eine wunderbare Idee finde ich. Sollten wir nicht auch einmal etwas von ihnen lernen? Dass es eine Zeit im Jahr gibt, in der wir alle miteinander in Frieden leben? Und sei es nur für einen einzigen Tag?«

»Schöne Worte, sonst nichts. Was für dich und die Menschen der Friede ist, ist für mich der Hunger«, antwortete der Wolf nach kurzem Überlegen. »Und überhaupt: Was gehen mich die Menschenfeste an? Sollen sie feiern, was immer sie möchten. Genug geredet. Ich werde jetzt mein eigenes Fest feiern, zusammen mit dir, mein lieber Langohr.« Der Wolf erhob sich und näherte sich Luca mit gefletschten Zähnen.

Doch da geschahen mehrere Dinge gleichzeitig. Während der Wolf gerade dabei war, zuzubeißen, schrien zwei helle Stimmen: »Lass unseren Papa in Ruhe, du Untier!« Dies ließ den Wolf überrascht für einen Moment innehalten, bevor er sich wieder dem Hasen zuwenden wollte. Doch plötzlich schien die Welt unterzugehen, als eine kolossale Masse durch das undurchdringlich erscheinende

Dickicht brach. Mit einem gewaltigen Tatzenhieb schleuderte ein riesiger Braunbär den überraschten Wolf beiseite. Er drehte sich um, erkannte sofort, dass er gegen diesen gigantischen Gegner nicht die geringste Chance hatte, klemmte seinen Schwanz ein und verschwand im Gebüsch.

Zitternd hockte Luca in seiner Ecke der Lichtung, während sich Ona und Rui an ihren Vater drängten. Ängstlich blickten sie nach oben, in die grimmig glühenden Augen eines gewaltigen Braunbären.

»Na, wie hab ich das gemacht«, ertönte plötzlich keck Edas Stimme. Als niemand antwortete, rief sie fröhlich: »Ich hab das prima gemacht. Prima, prima, prima, prima!«

Gleichzeitig tapste hinter der riesigen Bärengestalt eine kleinere Ausgabe eines Braunbären hervor, auf dessen Rücken niemand anderes saß als die fröhlich grinsende Eda. »Darf ich vorstellen: Dies hier ist mein Freund Marti, und das Große da, das ist seine Mama.«

In diesem Moment fing auch die riesige Bärin an, gutmütig zu grinsen. »Ich weiß ja, dass ihr Probleme mit uns Bären habt«, sagte sie. »Aber vor mir braucht ihr keine Angst zu haben. Ich musste Marti versprechen, euch nichts zu tun, und daran halte ich mich auch.«

»Ja, ich bin nämlich Martis Freundin und er ist mein Freund. Und als Freunde tut man sich nichts, aber man hilft sich«, krähte Eda munter.

Nur langsam ließ die Angst von Luca, Ona und Rui ein wenig nach. Die riesige Bärin wirkte aber auch zu bedrohlich. Schließlich verabschiedeten sich Marti und seine Mutter, verließen die Lichtung und kehrten zu ihrer Winterruhe zurück. Nachdem Luca und die Kinder sich von ihrem Schreck ein wenig erholt hatten, machten sich auf den Heimweg.

»Ich finde«, sagte Alba, nachdem sie zu Hause angekommen waren und alles erzählt hatten, »dass wir allen Grund haben, den heutigen Tag zu feiern. Mein Herz rast regelrecht, wenn ich daran denke, was ihr da erlebt habt.«

»Au ja, ein großes Fest wollen wir feiern«, rief Rui, und alle waren einverstanden.

»Darf ich mir etwas wünschen?«, fragte Eda und fügte nicht ohne Stolz hinzu: »Schließlich habe ich ja Papa gerettet.«

»Ja, mein Kind, das darfst du«, sagte Luca. »Was möchtest du denn haben?«

»Haben will ich nichts«, antwortete Eda. »Aber Papa, wollen wir unser Fest nicht ›Weihnachten‹ nennen?«

XII

Mein Gott, Pol, mit deiner Geschichte treibst du mir die Tränen in die Augen. Und bevor jemand auf dumme Gedanken kommt und etwas in der Richtung sagt: Nein, das hat nichts mit meinem Hormonhaushalt zu tun. Ich finde sie einfach so süß, deine Tierkinder, vor allem Eda, die große Heldin.« Mireia seufzte. »Und du sagst, die Geschichte ist von deiner *àvia?*«

»Nein, sie hat sie nicht erfunden«, antwortete Pol, »zumindest glaube ich das. Aber sie hat sie uns immer wieder erzählt, mir und meinen beiden Schwestern, damals, als ich noch ein Kind war. Es freut mich, dass sie dir gefällt.«

Es war kaum zu glauben, aber Pol, der Riese, von der Statur eines Yeti war puterrot angelaufen und drehte verschämt sein Gesicht zur Seite. Mireias Lob war ihm sichtlich unangenehm, und er wusste nicht, was er sagen sollte (wobei dies für ihn wohl keine Seltenheit war).

»Ich fand nicht nur die Geschichte sehr schön, mir hat auch gefallen, wie du sie erzählt hast«, setzte Josep noch ein Lob auf das von Mireia obendrauf.

»Schon gut«, murmelte Pol. »Danke, aber jetzt lasst es bitte gut sein.«

»Was macht denn unser Wasser?«, fragte Jacques, der das Thema wechseln wollte, um Pol aus seiner Verlegenheit zu befreien.

»Der Schnee ist geschmolzen und es ist warm, aber es kocht noch nicht«, antwortete Josep.

»Vielleicht wäre es sinnvoll, zu versuchen, ein wenig zu schlafen«, schlug Hector vor. »Im Moment können wir nichts mehr tun, und ich bin sicher, Mireia wird uns wecken, wenn sie uns braucht.«

»Und der Sturm?«, fragte Josep.

»Gegen den können wir ohnehin nichts unternehmen, und hier im *abri* sollten wir eigentlich sicher sein, schätze ich«, sagte Jacques. Er stand auf und griff nach seinen Kleidern. Trocken! Na Gott sei Dank. Er hatte absolut keine Lust mehr auf die kratzige, alte Militärdecke. Während er versuchte, den anderen den Rücken zuzukehren und sich anzuziehen fuhr er fort: »Ich bin derselben Meinung wie Hector. Jeder von uns dürfte nach dem heutigen Tag müde sein und kann sicher etwas Ruhe gebrauchen. Josep, leg noch ein wenig Holz nach, damit der Ofen warm bleibt.« Nachdem er sich angezogen hatte, setzte er sich wieder auf seinen beengten Platz auf dem Fußboden. »Es ist nur schade, dass wir nichts zu Essen haben. Ich habe inzwischen einen ganz ordentlichen Hunger. Außerdem würde ich vorschlagen, das Wasser vorerst vom Ofen zu nehmen. Nicht, dass es verkocht ist, wenn wir es brauchen.«

Josep nahm den Wassertopf und stellte ihn sicher in eine Ecke. Schließlich versuchte jeder, so gut es ging, eine halbwegs bequeme Position einzunehmen. Josep drehte die Petroleumlampe herunter, und im Dunkel kamen sie alle nach und nach zur Ruhe. Wenig später war der *abri* von den regelmäßigen Atemzügen der fünf Menschen erfüllt, während draußen nach wie vor der Schneesturm tobte.

***

Der laute Schrei riss sie alle aus dem Schlaf. Mireia wand sich in Schmerzen und hielt sich den Bauch. Hilflos versuchte Josep, sie in den Armen zu halten, wurde aber immer wieder von ihr weggestoßen.

Hector schob ihn beiseite und tastete Mireia ab. »Ich glaube, es ist bald so weit. *Señora y señores* – es geht los. Josep, stellen Sie den Topf wieder auf den Ofen, das Wasser sollte kochend heiß sein. Und irgendjemand sollte die Lampe wieder anzünden und hochdrehen. Und Josep – Sie sollten vielleicht versuchen, Mireias Hand zu halten.«

Josep folgte Hector und stellte den immer noch recht warmen Topf auf den Ofen. Er schob etwas Holz nach, das sofort munter zu brennen begann. Dann griff er nach Mireias Hand.

»Fass' mich nicht an, du Ungeheuer«, schrie sie und stieß Joseps Hand weg. »Du bist schuld an all dem. Hättest du mich nicht geschwängert, würde das alles hier nicht passieren und ich hätte nicht diese verrückten Schmerzen! *Ay, Dios mío,* das tut so verdammt weh!«

»Ich habe zwar keinerlei Erfahrung auf diesem Gebiet, da dies die erste Geburt ist, die ich erlebe«, sagte Jacques, »aber ich bin mir ziemlich sicher, dass sie das nicht so meint, mein Junge.«

Unter dem Schimpfen und Schreien Mireias versuchten die vier Männer, Ruhe zu bewahren. Hector zog ihre Hose herunter und machte ihren Unterleib frei. »Geben Sie mir ihre Decke, Jacques, damit sie nicht auf dem nackten Boden liegt.«

Jacques reichte ihm die Decke, die ihn stundenlang warm gehalten hatte. Hector legte sie zusammen und schob sie unter Mireias Becken. Dann untersuchte er sie noch einmal, so gut es eben ging. »Der Muttermund öffnet sich. Es geht los, würde ich sagen. Was macht das Wasser?«

»Es ist ziemlich heiß und dürfte bald kochen«, vermeldete Josep.

Hector reichte ihm sein Messer. »Wenn das Wasser kocht, klappen Sie das Messer auf und legen die Klinge so weit es geht ins Wasser. Sie sollte steril sein, wenn wir das Messer brauchen.«

»Das Messer?«, rief Josep panisch. »Wofür brauchen Sie das Messer?«

»Wenn alles gut geht, am Ende für die Nabelschnur. Wenn wir Pech haben muss ich etwas schneiden.«

»Schneiden? Sie meinen Kaiserschnitt?«

»Junge, wenn es dazu kommen sollte, dürfte es unter diesen primitiven Bedingungen ohnehin zu spät sein. Aber es kann sein, dass sie zu eng ist, dann braucht sie vielleicht einen Dammschnitt. Und dann sollte das Messer besser bereitliegen.«

»*Carajo!* Meinetwegen schneiden Sie dem Scheißer Josep die Kehle durch. Aber tut endlich etwas! Irgendetwas! Das wird jedes Mal schlimmer!«

»Ich werde mir das mit dem Kehledurchschneiden für später aufbewahren, jetzt sind erst einmal Sie wichtiger. Es geht erstaunlich schnell bei Ihnen. Ist das Ihre erste Geburt?«, fragte Hector.

»Natürlich ist es meine erste Geburt. Glauben Sie allen Ernstes —« Mireia schrie vor Schmerz auf. »— glauben Sie ernsthaft, ich würde diese verdammte *mierda* wiederholen, nachdem ich jetzt weiß, wie es abläuft?«

Jacques beugte sich zu Josep hinüber, dem die Panik und Angst ins Gesicht geschrieben stand, und legte ihm die Hand auf die Schulter. »Keine Sorge, sie wird sich sicher an nichts mehr von all dem erinnern, was sie jetzt sagt. Und wenn doch, so wird es ihr unendlich leid tun. Sie befindet sich in einer Stresssituation. Ich bin absolut sicher, das geht vorüber.«

»Du hast gut Reden, deine Kehle soll ja auch nicht durchgeschnitten werden.«

»Achtung, da ist der Kopf! Es kommt! Beine anziehen und pressen!«, sagte Hector. »Folgen Sie dabei Ihren Körperreflexen, Sie müssen das Pressen nicht forcieren.«

»Pressen Sie doch selber, Sie dummer Idiot! Sie haben ja keine Ahnung!« Und wieder schrie sie laut auf.

»Ich bin sicher, er weiß, was er tut«, sagte Pol, der dem Geschehen bis hierher interessiert gefolgt war und sich nun in sein Bündel vertiefte.

»Vielleicht sollten wir die Tücher auch etwas auskochen«, schlug Jacques vor. »So richtig sauber sind sie ja nicht.«

»Tun Sie's, sagte Hector. »Es ist sicher kein Fehler.«

Josep warf das Halstuch und die Fetzen seines zerschnittenen Hemdes zu Hectors Messer in den Topf. Dann sah er zu Mireia hinüber, zwischen deren Beinen sich der Kopf eines Kindes aus ihrem Körper herausschob. ›Por Dios, wenn das doch nur schon alles vorbei wäre‹, dachte er. Dann verließen ihn die Sinne und er fiel in eine gnädige Ohnmacht.

* * *

Ein Kind schrie. Wieso schrie da ein Kind? Mühsam kämpfte sich Josep aus seiner Ohnmacht zurück in das Hier und Jetzt. Ja, stimmt. Sie waren ja in diesem *abri*. Der Sturm. Die drei Männer. Mireia. Mireia? Er schlug die Augen auf und wollte sich aufrichten.

»Nur ruhig, Josep, nicht so hastig. Bleiben Sie noch etwas liegen. Alles ist in bester Ordnung, Mireia und ihr Kind sind wohlauf.« Das war der, der Hector hieß, der da versuchte, ihn zu beruhigen.

»Das Kind?«

»Ja, mein Junge, jetzt bist du Vater.« Dieser hieß Jacques, daran erinnerte er sich auch wieder. »Es ist ein Junge.«

»Ein Junge?« Langsam rappelte er sich auf. »Und Mireia?«

»Mir geht es gut, *meu amor*.«

»Und du willst nicht mehr …«

»Was will ich nicht mehr?«

»Dass Hector … meine Kehle …«

»Lassen wir das lieber«, unterbrach Hector. »Ich musste leider die Nabelschnur selber durchschneiden, auch wenn dies normalerweise das Privileg des Vaters ist, sollte er bei der Geburt anwesend sein.«

»Na ja.« Jacques lachte. »Und du warst zwar anwesend, aber dann doch wieder weg.«

»Darf … darf ich das Kind sehen? Meinen Sohn?«

»Es spricht nichts dagegen. Warten Sie, ich mache Platz.« Hector rückte, so gut es ging, zur Seite. Josep setzte sich dicht neben Mireia. Die hielt das Kind in den Armen, das in ihren Schal und ein wunderschönes, weiches Fell gewickelt war. Josep betrachtete das zerknitterte Gesicht seines schlafenden Sohns.

»Er ist wunderschön. Es ist ein seltsames Gefühl, Vater zu sein. Erhebend und beängstigend. Aber was ist das für ein Fell? Das wurde doch nicht … mitgeliefert?«

»Nein, *estúpid*«, lachte Mireia. »Pol hat es mir gegeben. Er hat es in seinem Bündel gefunden.«

Josep sah Pol an. »Es war da zufällig drin. Ein Wolfsfell. Und ich dachte, der Kleine braucht es vielleicht. Gegen die Kälte.« Pol räusperte sich verlegen. Josep nickte ihm dankbar zu.

Dann wandte er sich wieder an Mireia: »Da fällt mir ein, dass wir uns noch keinerlei Gedanken über einen Namen gemacht haben«, sagte er.

»Ich dachte zuerst, wir könnten ihn *Jesús* nennen, denn heute ist, wie wir über die ganze Aufregung vielleicht ein wenig aus den Augen verloren haben, Weihnachten. Aber das erschien mir etwas zu verwegen. Wie findest du Juan? Das bedeutet ›Gott ist gnädig‹. Und immerhin hat er uns in seiner Gnade diese drei merkwürdigen Männer geschickt, ohne die wir das kaum geschafft hätten.« Strahlend sah Mireia Jacques, Hector und Pol an, die verlegen den Blick senkten.

»Juan – ja, finde ich gut. Und passend. Und wir sollten in Juan Hector Jacques Pol nennen.«

»Nein, tut das lieber nicht!«, bat Jacques erschrocken. »Am besten wäre, wenn ihr uns gar nicht erwähnt. Niemandem gegenüber. Wir waren niemals hier. Ich denke, das dürfte auch in eurem Sinne sein, Pol, Hector? Nicht wahr? Also keine merkwürdigen Männer.«

Die beiden Angesprochenen nickten zustimmend.

»Aus Gründen, die ich lieber für mich behalten möchte, wäre mir das sehr viel lieber«, ergänzte Hector und sah Josep und Mireia mit stechendem Blick an.

»Aber, Sie haben uns so sehr geholfen. Sie wussten, was zu tun war, und haben es ohne zu zögern getan. Sind Sie Arzt? Sie müssen Arzt sein«, sagte Mireia. »Ich bin Ihnen so dankbar, ich möchte es hinausschreien in die Welt, wie Sie mir geholfen haben.«

»Ja, und das tun Sie bitte nicht. So viel sei gesagt: Ja, ich war einmal Arzt, aber das war zu einer anderen Zeit, in einem anderen Leben. Heute bleibe ich lieber unerkannt, und ich rede nicht über das, was ich tue; ich bitte um Ihr Verständnis. Was ich heute Nacht für Sie getan habe, war mein Geschenk an Sie. Und nun bitte ich Sie: Vergessen Sie mich. Forschen Sie mir auch nicht nach. Es wäre nicht zu Ihrem Besten. Ich war niemals hier, Sie haben mich nie gesehen.«

»Und ich würde sagen, das gilt auch für Pol und mich«, ergänzte Jacques.

»Aber das Fell, das dürft ihr behalten. Betrachtet es als mein Geschenk an euch und den kleinen Juan. Es soll ihn warm halten und schützen gegen die Kälte der Welt.« Und damit schien Pol genug gesagt zu haben.

»Natürlich, wenn es euch lieber ist, dann werden wir euch drei niemandem gegenüber erwähnen, keine Sorge.« Josep sah Mireia an, die zustimmend nickte. »Aber wir werden immer an euch denken und euch niemals vergessen. Das könnt ihr uns nicht verbieten.«

Hector nahm sein Messer, das noch neben ihm auf dem Boden gelegen hatte, sah es nachdenklich an und klappte es zusammen. »Gut, damit kann ich leben.« Dann steckte er es wieder in seine Jackentasche.

Jacques nickte. »Ich auch. Und du Pol?«

Auch Pol nickte zustimmend.

Alle betrachteten versonnen den kleinen Juan. Was hatte er nur für eine Aufregung verursacht. Und nun lag er da, friedlich in Mireias Armen schlafend, als könnte er kein Wässerchen trüben. Josep war ganz gefangen von dem kleinen Kerl, eng an Mireia gelehnt und ganz offensichtlich für die Welt verloren.

Plötzlich fragte Jacques unvermittelt: »Aber … hört ihr das?«

Alle lauschten.

»Nein, ich höre nichts«, antwortete Hector.

»Ich auch nicht«, sagten Josep und Mireia gleichzeitig.

Pol schüttelte den Kopf.

»Ja, eben. Es ist nichts zu hören. Das bedeutet doch, dass der Sturm vorüber ist. Kann das sein?« Jacques erhob sich, ging zur Tür und öffnete sie. Draußen graute der Morgen. Der Himmel war wolkenlos und die Landschaft von einem dicken Schneepolster bedeckt. »Wie ich gesagt habe: Der Sturm hat sich ausgetobt.«

* * *

Jacques, Hector und Pol standen draußen vor dem *abri* im strahlenden Sonnenschein eines herrlichen Wintertages. Vor ihnen breitete sich das beeindruckende Panorama der tief verschneiten Berglandschaft aus. Josep und Mireia waren mit Juan in der Wärme des *abri* geblieben. Pol hatte sein Fellbündel geschultert und war bereit, sich auf den Weg zu machen.

»Ich muss sagen, obwohl es eine sehr dramatische Nacht war, so hat es mich doch gefreut, eure Bekanntschaft zu machen«, sagte Jacques. »Auch wenn ich der Ansicht bin, wir sollten das für die Zukunft auf diese eine Begegnung beschränken. Pol, ich wünsche dir alles Gute, *bonne chasse* und natürlich immer zufriedene und großzügige Kunden. Auf dass sie dich niemals erwischen mögen.«

Pol nickte. »Danke, Jacques. Es ist lange her, dass ich mit so vielen Menschen auf engem Raum zusammen war. Und um ehrlich zu sein – nichts gegen euch persönlich, aber ich freue mich auf meine Einsamkeit.« Er zögerte. »Ich weiß nichts über euch beide, und das ist sicher auch gut so. Aber auch ich wünsche euch alles Gute. Und dass ihr den Jägern immer einen großen Schritt voraus sein mögt. *Adéu.*« Damit wandte er sich um und stapfte, ohne sich noch einmal umzudrehen, durch den tiefen Schnee davon. Jacques und Hector sahen ihm nach, bis er hinter einer Bodenwelle verschwunden war.

»Ja, da geht er hin, unser Yeti«, sagte Jacques.

Hector räusperte sich. »Ich glaube, Pol dürfte mit seiner Freude an der Einsamkeit von uns allen am zufriedensten sein. Auf jeden Fall macht er einen weitaus weniger getrieben Eindruck als wir anderen, die wir heute Nacht hier gemeinsam verbracht haben.«

»Da könntest du recht haben.« Nachdenklich blickte Jacques Hector von der Seite an. »Du geheimnisvoller Mann. Mir geht dein scharfes Messer, mit dem du so gewandt umzugehen verstehst, nicht aus dem Kopf. Sicher, heute Nacht hast du es dazu benutzt, neuem Leben dabei zu helfen, zur Welt zu kommen. Aber normalerweise dienen solche Messer meines Wissens häufig dem genau entgegengesetzten Zweck.«

Hector sah ihn direkt mit seinen kalten Augen an. »Messer sind eines der ältesten Werkzeuge der Menschheit. Wer es versteht, mit einem Messer umzugehen, kann schnell und effizient agieren. Ein Messer ist unauffällig, es macht keinen Lärm und bevor die Umgebung merkt, dass ein Messer zur Anwendung gekommen ist, ist der, der es benutzt hat, längst in der Menge verschwunden. Es hat ein wenig etwas von einer *corrida* – Mann gegen Mann, direkter Kontakt, ein Sieger. Aber Jacques, lassen Sie es gut sein. Wir hatten uns darauf geeinigt, nicht nach unserem woher und wohin zu fragen, und dabei sollten wir es bewenden lassen. Wissen Sie, ich pflege eigentlich die Gewohnheit, hinter mir aufzuräumen. Das hat mir bisher erlaubt, weitgehend unerkannt zu bleiben. Heute mache ich zum ersten Mal eine Ausnahme, und dabei sollten wir bleiben. Ich hoffe nur, ich bereue es nicht.«

Jacques sah Hector lange an, dann nickte er. Ja, dieser glatzköpfige Eisblock war gefährlich, das hatte er sofort erkannt. Und so neugierig er auch war – Neugier war eines seiner Laster und sie ließ sich nur schwer im Zaum halten –, so klug war er doch, zu erkennen, wann es besser war, nicht zu tief zu bohren. »Ja, ich verstehe, Hector. Mach dir in dieser Hinsicht keine Sorgen.« Er legte eine kurze Pause ein. »Es war beeindruckend, dir bei deiner Geburtshilfe zuzusehen. Ich habe so etwas noch nie erlebt, und ich kann gut verstehen, dass unserem jungen Freund vorübergehend die Lichter ausgegangen sind.«

»Das geht vielen Vätern so, die das zum ersten Mal erleben. Ich bin ohnehin der Ansicht, Väter müssen nicht unbedingt dabei sein, wenn ihr Kind zur Welt kommt. Es ist keine Schande, draußen zu warten, bis das Kind da ist.«

»Na ja, das wäre heute Nacht mit dem Schneesturm etwas ungemütlich geworden für den armen Josep.«

Jacques lachte. Und nach wenigen Momenten fiel Hector in das Lachen ein, was allerdings sehr merkwürdig sowohl aussah als auch klang. Nein, dieser Mann war es absolut nicht gewohnt, zu lachen.

»Ich glaube, ich mache mich jetzt auch besser auf den Weg«, sagte Hector. »Von den beiden jungen Leuten habe ich mich bereits verabschiedet. Bleiben noch Sie, Jacques. Ich wünsche Ihnen alles Gute und auch weiterhin viel Erfolg bei dem, was Sie tun. Und nein, ich will es nicht wissen. Bleiben Sie so umsichtig und klar, wie Sie es sind, dann wird schon alles nach Ihren Plänen verlaufen.«

Sie beide setzten zu einer Umarmung an, ließen dann aber die Arme sinken und nickten sich zum Abschied lediglich zu. Dann drehte Hector sich um und stapfte, wie kurz zuvor Pol, durch den Schnee davon.

Jacques sah ihm eine Weile nach, bevor er zu der Felsengruppe ging, wo er abends zuvor seinen Rucksack versteckt hatte. War dies wirklich erst gestern Abend gewesen? Nachdenklich schüttelte er den Kopf. Oh ja, sie alle hatten wirklich eine aufregende Nacht hinter sich. Seinen Rucksack musste er erst ausgraben, denn der Schneesturm hatte ganze Arbeit geleistet. Schließlich zog er ihn aus dem tiefen Schnee, klopfte ihn ab, warf einen Blick hinein und zog schließlich einen der Träger über seine Schulter. Dann ging er zurück in den *abri*.

Mireia und Josep waren ganz hingebungsvoll und freudestrahlend in die Betrachtung ihres Juan versunken, der friedlich in sein Wolfsfell gewickelt schlief. Ein anheimelndes und schönes Bild, das die drei da boten. Aber natürlich konnte das so nicht bleiben, sie mussten zurück in zivilisiertere Gefilde.

»Ja, ihr drei, Pol und Hector sind weg, und ich werde mich auch auf den Weg machen. Mein Telefon scheint meinen Sturz ins Nasse überstanden zu haben. Zum Glück hatte ich es vorausschauenderweise in eine Plastiktüte in meinem Rucksack gesteckt. Ich werde zwar wahrscheinlich an eurem *refugio* vorbeikommen, möchte aber nicht eurem Freund begegnen, ich hoffe, ihr versteht das. Aber sobald ich Netz habe, werde ich die Bergwacht verständigen, dass sie euch hier oben abholen, am besten wohl mit einem Hubschrauber.« Nachdenklich sah er Josep und Mireia an. »Ich habe mir über euch Gedanken gemacht, das ist so eine Eigenart von mir. Ihr habt ja erzählt, dass ihr keinen wirklichen Plan habt, wie es mit euch und eurem Juan weitergehen soll. Und eigentlich geht es mich ja nichts an, aber irgendwie spüre ich nach dieser Erfahrung heute Nacht so etwas wie eine Verpflichtung euch und dem Kleinen gegenüber. So wie eine Art Pate. Darum möchte ich …« Jacques öffnete seinen Rucksack und holte ein quaderförmiges in Folie verpacktes Paket von der Größe eines großen Buches heraus. »… euch etwas schenken. So als eine Art Starthilfe.« Er reichte das Paket Josep, der sah, dass es lauter Fünfzig-Euro-Geldscheine beinhaltete. Überrascht sah er zunächst Mireia und dann Jacques an. »Ja … ja, das wird euch ein wenig helfen, Fuß zu fassen. Es sind hunderttausend, das sollte euch eine Weile über Wasser halten. Geht vorsichtig damit um, ihr solltet auf keinen Fall auffallen. Aber dann kann es sehr nützlich für euch drei sein.«

Beide sahen Jacques überrascht an. Fragen tauchten in ihren Gesichtern auf, doch bevor sie sie stellen konnten, fuhr Jacques fort: »Nein, fragt nicht. Lasst uns dabei bleiben, was wir vereinbart haben. Wir kennen uns nicht, sind uns nie begegnet, ihr habt die Nacht hier obern allein verbracht. Glaubt mir, das ist wirklich am besten so.«

»Also gut«, sagte Josep, »dann fragen wir eben nicht. Auch wenn ich entsetzlich neugierig bin, aber niemand will dich oder einen von den anderen beiden in Schwierigkeiten bringen.«

»Und du kannst dich darauf verlassen, dass wir sehr vorsichtig mit dem Geld umgehen«, fuhr Mireia fort. »Aber danke dafür und auch noch einmal für alles, was du getan hast. Ohne euch wären wir verloren gewesen.«

»Na ja, das meiste hat ja ohnehin Hector gemacht«, sagte Jacques mir einem Lächeln. »Aber ich möchte auch euch danken. Dies war sicher eine der aufregendsten Nächte meines Lebens und wird sich auch in Zukunft wohl kaum übertreffen lassen.« Er schloss seinen Rucksack und setzte ihn auf. »Ja, und damit mache ich mich auch noch auf den Weg und lasse das junge Familienglück für sich allein. Ich denke, die Bergwacht wird euch bald hier herausholen. Euch dreien wünsche ich alles erdenklich Gute für euer weiteres Leben. *Adieu.*«

»*Adéu*«, antworteten Mireia und Josep.

Womit Jacques sich umdrehte, sich mit seinem Rucksack durch die schmale Tür zwängte und den *abri* in den sonnigen, eiskalten Wintertag verließ.

Josep legte noch etwas Holz nach. Es war angenehm warm, wenn sie sich so eng aneinander kuschelten. Selten hatte er sich Mireia so nahe gefühlt.

»Das war schon ein Erlebnis mit den dreien, findest du nicht auch?«, fragte Mireia. »Jeder hat sein Geheimnis, und wahrscheinlich ist jeder auf seine Art ein Gauner, der nichts mit der Polizei zu tun haben will.«

»Und Hector, der gruseligste von ihnen, wie ich finde, hat das mit der Geburt ganz wunderbar hinbekommen. Er muss ein guter Arzt gewesen sein. Warum ist er wohl keiner mehr? Und was tut er jetzt wohl?«

»Lass, Josep. Wir haben versprochen, sie zu vergessen, dann lass uns am besten gleich damit anfangen. – Ich hoffe, die Bergwacht kommt schnell, ich habe einen entsetzlichen Hunger.«

»Ja, ich auch.« Josep lächelte verlegen. »Ich … ich könnte euch … dir und Juan meine ich … vielleicht auch noch eine Geschichte erzählen. Eine Art Weihnachtsgeschichte, die ich geschrieben habe.«

»Du hast eine Weihnachtsgeschichte geschrieben?«

»Ja, immerhin will ich Autor werden.«

»Aber du hast schon länger nichts mehr fertiggeschrieben«, sagte Mireia, die an viele angefangene und nicht weitergeführte Projekte Joseps dachte. »Das finde ich wunderbar, dass du wieder etwas fertig hast.«

»Ich habe sie in der letzten Zeit im *refugio* geschrieben.« Josep seufzte. »Dort liegt leider auch das Manuskript. Aber ich habe sie noch ganz gut im Kopf. Darf ich sie euch erzählen?«

»Unbedingt, *meu amor.* Bitte, erzähl.«

XIII

Der vierte König

Von Jörg und Lucrezia Wenzler

Die Geschichte, die hier erzählt werden soll, ereignete sich vor vielen, vor sehr vielen Jahren. Sie begann in Seleukia, einer kleinen Stadt an den Ufern des Tigris, einer Karawanserei der Seidenstraße. Hier lebte ein Sumerer namens Aschurbanapli, von seinen Eltern benannt nach dem letzten großen Herrscher Assyriens. Da er jedoch diesen Namen und dessen Herkunft als schwere Bürde betrachtete, begrüßte er es, dass er gemeinhin schlicht Anapli genannt wurde.

Von seiner Erscheinung her war Anapli alles andere als auffällig: durchschnittlich groß, von durchschnittlicher Statur, mit einer durchschnittlichen Haarpracht von durchschnittlich dunkler Farbe, mit braunen Augen, wie die meisten Menschen in jener Gegend. Somit war er von der äußeren Erscheinung her durch und durch ein Durchschnittsmensch. Gleichzeitig verfügte er über einen wachen Verstand, den zu benutzen er sich nicht scheute, was ihn von vielen seiner Mitmenschen unterschied. Er liebte es, seine Umgebung zu beobachten, zu kombinieren, Schlüsse zu ziehen und über alles Mögliche nachzudenken. Und auch die großen Fragen des Seins, der Metaphysik, des Laufs der Welt beschäftigten ihn sehr.

Man sollte hieraus aber nicht schließen, Anapli sei ein reiner Philosoph gewesen, der außer nachzudenken nichts vermochte. Nein, er war ebenso ein Mann der Tat, angesehen und beliebt, geschickt in seinem Handwerk, der Zuckerbäckerei, in der er es zu großer Meisterschaft gebracht hatte, weswegen er zwischen Euphrat und Tigris unter dem Ehrentitel »König der Zuckerbäcker« bekannt war.

Seine Werkstatt, in der er drei Zuckerbäckergesellen und einen Lehrjungen beschäftigte, vibrierte jeden Tag geradezu von der leidenschaftlichen, hingebungsvollen Arbeit an den weithin begehrten Leckereien. Der größten Beliebtheit aber erfreuten sich Anaplis einzigartige Marzipankugeln. Zu ihrer Herstellung verwendete er ausschließlich die besten Mandeln und den feinsten Honig des Zweistromlandes. Und Anaplis größtes Geheimnis war sein unerreichtes Rosenwasser, mit dem er seinen Marzipankugeln ihr einzigartiges Aroma verlieh.

Anapli pflegte nämlich eine weitere große Leidenschaft: die Rosenzucht. Von seinem Vater hatte er einen prächtigen Rosengarten geerbt, der diesem wiederum von dessen Vater vermacht worden war. Hier züchtete Anapli die unterschiedlichsten Arten von Rosen, deren geduldige Pflege es ihm erlaubte, seinen philosophischen Neigungen nachzuhängen. Nur aus den besten Blättern dieser Rosenarten stellte er eine ausschließlich ihm bekannte Mischung her, die er in einer auf Hochglanz polierten kupfernen Destille zu seinem einzigartigen Rosenwasser verarbeitete.

Eine weitere, letzte Besonderheit von Anaplis Marzipankugeln war ihre zarte Umhüllung aus zu feinstem Puder zerstoßenen, zuvor gerösteten Kakaobohnen, die ihren Weg mit Karawanen aus dem südlichen Aithiopia über Berge, durch Wüsten, auf Flüssen, durch alle Fährlichkeiten zu ihm, nach Seleukia gefunden hatten.

Aus diesen Zutaten komponierte Anapli Marzipankugeln, die demjenigen, der sie genoss, alle Wunder und Ge-
heimnisse des Morgenlandes offenbarten.

* * *

Eines Tages erreichte wie schon so oft zuvor eine Karawane
Seleukia. Sie unterschied sich von den meisten anderen
Karawanen dahingehend, dass sie deutlich kleiner war und
vergleichsweise wenig Lasttiere mit sich führte. Nachdem
sich die Reisenden in einer Ecke der Karawanserei nieder-
gelassen und sich in prächtigen Zelten eingerichtet hatten,
konnte dem aufmerksamen Beobachter auffallen, dass drei
von ihnen in besonders erlesene Gewänder gehüllt waren.
Einer war hochgewachsen, von eher heller, rosiger Haut-
farbe, der zweite mittelgroß, mit einem ebenfalls hellen
Teint, der aber leicht ins Olivfarbene spielte. Beide trugen
reich bestickte Kufijas, die von golddurchwirkten Bändern
gehalten wurden. Der dritte war dunkelhäutig und trug zu
seinem farbigen, mit Stickereien reich verzierten Gewand
einen auffallenden Turban. Auch durch ihr Verhalten war
auf den ersten Blick erkennbar, dass es sich bei den dreien
um Herren von Stand handeln musste.

Sie schickten sogleich einen Boten zum Verwalter der
Karawanserei, mit der Bitte um Auskunft, wo denn der
örtliche König zu finden sei.

»Der örtliche König?« Enkidu, der Verwalter, sah seinen
Schreiber Lugal fragend an. »So etwas wie einen König gibt
es hier doch eigentlich gar nicht.« Lugal zuckte die Schultern.

Kurz zuvor hatte Ishtar, Enkidus Frau, den Raum betreten und war Zeugin der Frage des Boten geworden.

»Schickt ihn doch zu Anapli, dem König der Zuckerbäcker«, sagte sie. »Der ist der Einzige, den man hier als König bezeichnet.«

Enkidu, der ein weiser Mann und es somit gewohnt war, auf seine Frau zu hören, beschrieb dem Boten den Weg zu Anaplis Zuckerbäckerei.

Als dieser bei Anapli eintraf, herrschte in dessen Werkstatt hektische Betriebsamkeit, was den Boten zunächst überraschte. Doch da er mit dem oft merkwürdigen Verhalten von Königen vertraut war, gelang es ihm, seine Verwunderung zu verbergen. Er wandte sich an den offenbar jüngsten der fünf Männer und fragte: »Sage mir, wo finde ich deinen Herrn, den König?«

»Den König?«, reagierte der Lehrjunge überrascht. »Nun, Ihr meint sicher Meister Anapli, den König der Zuckerbäcker.«

»Der wird es wohl sein, ja«, antwortet der Bote geduldig.

»Meister!«, rief der Lehrjunge in die Werkstatt, »Ihr werdet hier verlangt!« Und er machte sich wieder an die Arbeit. Verwundert blieb der Bote zurück.

Diese seine Verwunderung steigerte sich noch, als sich ihm eine über und über mit Mehl bestäubte Gestalt näherte und fragte: »Was kann ich für Euch tun, Herr?«

Der Bote musterte sein Gegenüber und fragte zögerlich: »Seid Ihr … König Anapli?«

»So werde ich gemeinhin genannt«, sagte Anapli lachend. »Was kann ich für Euch tun, Herr?«, wiederholte er seine eingangs gestellte Frage.

Der Bote beschloss, sich nicht weiter verwundern zu lassen. »Ich komme im Auftrag meiner hochwohlgeborenen

Herren. Die drei Könige Kaspar, Melchior und Balthasar ersuchen in aller Form um die Gnade einer Audienz, Herr.«

Anapli stutze. Das konnte sich eigentlich nur um eine Verwechslung handeln. Natürlich fühlte er sich geehrt und geschmeichelt. Aber eine Audienz? Für Könige? Hier in seiner Werkstatt? Nein, das war absolut unvorstellbar.

»Richte deinen Herren aus, dass dies eine große Ehre für mich ist«, antwortete er. »Doch es geziemt sich nicht, dass die vielen den einen besuchen. Viel angemessener wäre es, begäbe ich mich zu deinen Herren. Richte ihnen daher meinen Dank aus. Doch sage ihnen, dass ich es bin, der sie um eine Audienz bittet.«

Der Diener bedankte und verbeugte sich. Dann machte er sich auf den Weg, zurück ins Lager seiner Herren.

* * *

Nachdem der Bote Anapli verlassen hatte, eilte der aufgeregt zu seiner Frau Lilith, um ihr von den Ereignissen zu berichten. Die wollte ihrem Mann zunächst nicht glauben, ließ sich dann aber doch widerstrebend überzeugen und sagte: »Als Allererstes musst du dich säubern, denn so kannst du diesen Königen unmöglich unter die Augen treten. Und zieh dein Festtagsgewand an. Ich werde deine Haare richten, sodass du den Fremden angemessen begegnen kannst.«

Anapli tat, wie Lilith ihn geheißen. Kaum war er mit seinen Vorbereitungen fertig, kehrte der Bote zurück. »Meine Herren sind bereit und freuen sich, Euch eine Audienz gewähren zu dürfen.«

Anapli wollte gerade mit dem Boten aufbrechen, als Lilith ihn noch einmal zurückhielt. »Hier«, sagte sie und reichte ihm ein wohlgefülltes, reich besticktes Leinensäck-chen. »Nimm von deinen Marzipankugeln mit, als Gastge-schenk.« Er freute sich darüber, mit einer so weitsichtigen Frau verheiratet zu sein, dankte ihr und verließ in Beglei-tung des Boten das Haus.

Schnell durchquerten die beiden die Stadt, um schließlich die Karawanserei und das prachtvolle Zelt der drei Könige zu erreichen. Anapli kam aus dem Staunen nicht heraus und ge-langte immer mehr zu der Überzeugung, dass es sich bei all dem wirklich nur um einen Irrtum handeln konnte. Als er das Zelt betrat, sah er sich drei edlen Herren gegenüber, die ihm, auf samtenen Kissen sitzend, huldvoll entgegenblickten.

»Seid gegrüßt, König Anapli«, sagte der dunkelhäutige Turbanträger, indem er sich erhob.

Anapli setzte zu seiner tiefstmöglichen Verbeugung an, als der hellhäutige König sich ebenfalls erhob, ihn zurück-hielt und zu ihm sprach: »Dies«, er wies auf den Dunkel-häutigen, »ist König Kaspar.« Dann deutete er auf den drit-ten, den mit leicht olivfarbener Haut, und fuhr fort: »Die-ser ist König Balthasar. Und ich bin unter dem Namen Kö-nig Melchior bekannt. Unsere Reiche sind benachbart und liegen im fernen Gandhara. Wir sind auf einer wichtigen Mission unterwegs und freuen uns, Eure Bekanntschaft zu machen. Bitte, so nehmt doch Platz.« Er wies auf ein leeres Kissen. »Wir haben mit Euch zu reden.«

Anapli wollte sich eben hinsetzen, als ihm Liliths Lei-nensäckchen einfiel. »Bitte lasst mich Euch diese kleine, unbedeutende Aufmerksamkeit als mein Gastgeschenk überreichen. Es sind Marzipankugeln, eine ganz besondere Spezialität Seleukias.« Er überreichte das Säckchen König Melchior und setzte sich.

Nachdem sie alle Platz genommen hatten, ergriff König Balthasar das Wort. »So hört, König Anapli. Wir drei sind in unseren Reichen als weise Männer bekannt, und wir haben uns über viele Jahre mit alten Schriften und auch Weissagungen befasst. Dabei stießen wir auf eine Prophezeiung über einen hellen Stern, der die Ankunft des Erlösers, des Königs der Juden, ja, des Messias kündigen werde. Nun entdeckten wir vor einigen Monaten einen solchen hellen Stern, der zuvor nicht existierte. Wir studierten wieder und wieder die Schriften und kamen stets zu dem Schluss, dass es sich hierbei exakt um ebendiesen Stern handeln muss.«

»Also beschlossen wir, uns auf den Weg zu machen und diesem Stern zu folgen«, fuhr König Kaspar fort. »Nun sind wir seit geraumer Zeit unterwegs, und alles deutet darauf hin, dass das Ziel unserer Reise in der Gegend um Judäa liegen muss.«

»In allen Städten, durch die wir kommen«, übernahm nun König Melchior das Wort, »fragen wir die Herrscher, ob sie das Zeichen ebenfalls wahrgenommen haben und über Nachrichten verfügen, die unsere Vermutungen bestätigen können. Also auch an Euch unsere Frage: Habt Ihr den Stern gesehen? Verfügt Ihr über Informationen, die auf die Geburt des Messias hindeuten?«

Anapli lauschte den drei Königen gebannt. Ja, auch ihm war der Stern aufgefallen, und er hatte sich schon mehrmals gefragt, ob es sich dabei um ein Zeichen des Himmels handeln könnte. »Von der bevorstehenden Geburt eines Erlösers ist mir nichts bekannt«, sagte er mit einer Bedauern ausdrückenden Geste. »Doch den Stern habe auch ich gesehen.« Sein Herz pochte heftig. Ja, er wollte wissen, was es mit all dem auf sich hatte. Ohne nachzudenken fuhr er fort: »Darum lasst mich die Bitte äußern, Euch auf Eurer weiteren Reise begleiten zu dürfen. Denn auch mich drängt es, das Geheimnis dieses Sternes zu lüften.«

Erstaunt sahen sich die drei Könige an. Damit hatten sie nicht gerechnet. »Nun«, sagte schließlich König Kaspar, »dies ist eine überraschende Wendung. Seid Ihr Euch sicher? Wir sind schnell unterwegs, und die Reise ist reich an Entbehrungen.«

»Keine Sorge, Entbehrungen bin ich gewohnt. Und was die Schnelligkeit angeht ... ich besitze das schnellste und ausdauerndste Kamel Seleukias.« Anapli schluckte. Natürlich hatte er kein Kamel, er war zwar ein guter, aber nichtsdestotrotz einfacher Zuckerbäcker. Er würde mit seinem Nachbarn reden müssen, der hatte zwei Kamele, und sicher könnte er sich eines davon ausleihen.

»Aber wie viele Diener plant Ihr mitzunehmen?«, fragte König Balthasar. »Zu viele Diener halten uns nur auf.«

»Mir genügt einer«, entgegnete Anapli, an seinen Lehrjungen denkend. Nun, dann würde er eben auch das zweite Kamel des Nachbarn brauchen.

»Und habt ihr auch ein passendes Geschenk für den König der Juden?«, fragte König Balthasar. »Ich selbst schenke Weihrauch, als Zeichen seiner ewigen Göttlichkeit.«

»Von mir bekommt das Kind Gold, als Zeichen seines Königtums«, fuhr König Melchior fort.

»Mein Geschenk ist Myrrhe, als Zeichen der Sterblichkeit«, fügte König Kaspar hinzu. »Welch bedeutendes Geschenk könntet Ihr ihm machen, König Anapli?«

Anapli spürte, wie er erbleichte. Dies waren wahrhaftig königliche Geschenke. Und auch wenn er ‚König der Zuckerbäcker' war, so fehlten ihm doch die Mittel für ein vergleichbares Präsent. Was sollte er nur tun? Doch da kam ihm der rettende Gedanke. »Ich ... ich werde dem König der Juden Marzipankugeln schenken.«

»Marzipankugeln?« Die drei Könige sahen ihn verblüfft an.

»Ja, Marzipankugeln.« Anapli fühlte sich zunehmend wohler mit seiner Idee. »Sie drücken die Freude am Leben aus. Die Freude, die wir alle durch den Erlöser erfahren werden. Und Freude am Leben ist niemals falsch.«

»Nun gut, König Anapli«, sagte König Melchior nach längerem Schweigen etwas schmallippig. »Dann eben Marzipankugeln. Wir wollen morgen bei Tagesanbruch aufbrechen. Seid bis dahin zur Stelle. Da Ihr sicher Vorbereitungen zu treffen habt, sollten wir uns nun verabschieden.«

Alle vier erhoben sich, verbeugten sich, und Anapli verließ das Zelt in euphorischer Stimmung. Er würde mit den drei Königen dem Stern folgen. Er würde den Erlöser mit eigenen Augen sehen. Einfach wunderbar, wie sich dieser Tag entwickelt hatte. Anapli schluckte. Nun musste er nur noch Lilith vom Gang der Ereignisse berichten.

* * *

Früh am nächsten Morgen machte sich Anapli in Begleitung seines Lehrjungen auf den Weg in die Karawanserei. Seine Frau Lilith war tags zuvor alles andere als begeistert gewesen, hatte sich dann aber nach längerer Diskussion doch verständig gezeigt und, wenn auch widerstrebend, ihr Einverständnis mit Anaplis Vorhaben erklärt. Ja, sie hatte sogar angeboten, seine Sachen zu packen, während Anapli zum Nachbarn gegangen war, um ihn um dessen Kamele zu bitten.

Dieser Nachbar, ein Jude mit Namen Josuah, der seit vielen Jahren in Seleukia lebte, war, als Anapli ihm sein Anliegen schilderte, nach anfänglicher Skepsis schließlich doch bereit, ihm seine beiden Kamele auszuleihen. »Bei Jehova, wer, wenn nicht ich als ein gläubiger Jude sollte ein solches Unterfangen fördern? Du, ein Andersgläubiger, begibst dich auf die gefahrvolle Suche nach dem Messias! Halleluja! Merke dir alles, was dir auf deiner Reise widerfährt, auf dass du mir bei deiner Rückkehr ausführlichen Bericht erstatten kannst. Und habe noch einmal vielen Dank für diese wunderbaren Marzipankugeln.«

Ali, Anaplis Lehrjunge, war begeistert angesichts des bevorstehenden Abenteuers. Er hatte sich von seiner Mutter verabschiedet, in aller Eile sein Bündel gepackt und war bereits am selben Abend wieder in die Zuckerbäckerei zurückgekehrt, um dort zu übernachten und am folgenden Morgen auf keinen Fall zu spät zu kommen.

Kurz vor Tagesanbruch führten sie ihre Kamele durch die Straßen der noch immer schlafenden Stadt zur Karawanserei, um dort mit den drei Königen zusammenzutreffen. Aber welch ein Schreck fuhr ihnen in die Glieder, als sie entdecken mussten, dass die Karawane der Könige bereits verschwunden war.

»Ja«, brummte Enkidu mürrisch, nachdem er von Anapli unsanft aus dem Schlaf gerissen worden war, »die sind weg. Mitten in der Nacht sind sie aufgebrochen, sehr ungewöhnlich. Ihretwegen bin ich erst sehr spät ins Bett gekommen.« Er gähnte ausgiebig.

»Aber wir wollten doch heute bei Tagesanbruch gemeinsam aufbrechen, um gemeinsam nach dem Stern zu forschen«, klagte Anapli.

»Ich weiß nur, dass sie es verdammt eilig hatten.« Damit drehte sich Enkidu um und ließ Anapli stehen. Der seufzte tief und setzte sich betrübt auf eine Mauer.

Ali, der Lehrjunge, betrachtete ihn voller Mitleid. Er überlegte, was er wohl tun könne, um seinem Meister zu helfen. Da kam ihm mit einem Mal ein Gedanke. »Meister«, sagte er, »noch ist nicht alles verloren. Wie Ihr wisst, entstamme ich einem alten Beduinengeschlecht, und meiner Familie sind die Verläufe der Karawanenstraßen wohlbekannt. Die Karawane der Könige wird dem Verlauf der Seidenstraße folgen. Diese führt zunächst den Tigris hinauf, bis sie auf der Höhe von Akkad nach Westen, zum Euphrat und damit nach Akkad selbst führt. Dies dauert etwa drei Tagesreisen. Wenn wir aber nun von hier aus den direkten und damit kürzesten Weg nach Akkad nehmen, kürzen wir die Strecke ab und gewinnen fast eine Tagesreise. Wir müssen lediglich ausreichend Wasser mitnehmen, da es auf dieser Strecke keine Brunnen gibt.«

Anapli starrte seinen Lehrjungen mit offenem Mund an. »Ali, du Sonnenstrahl in meiner tiefsten Verzweiflung – lass es uns tun, wie du gesagt hast. Ich bin froh, dich auf dieser Reise als meinen Gefährten an meiner Seite zu haben.« Erneut weckte Anapli Enkidu, der ihm mürrisch eine größere Anzahl gefüllter Wasserschläuche übergab. Dann brachen sie ohne weitere Verzögerung auf.

Wie erwartet erreichten sie am Abend des zweiten Tages ihres Ritts die Stadt Akkad am Euphrat. In der dortigen Karawanserei erfuhren sie, dass die drei Könige noch nicht eingetroffen waren.

Als am Nachmittag des darauffolgenden Tages schließlich die Karawane der Könige Akkad erreichte, staunten diese nicht schlecht, als sie Anapli und Ali erblickten, die sie bereits am Tor der Karawanserei auf zwei Felssteinen sitzend erwarteten.

»Wie bei allen alten Göttern kommt denn Ihr hierher?«, fragte Balthasar sichtlich erstaunt.

»Nun, es waren wohl die neuen Götter, die uns beflügelt haben«, antwortete Anapli, wobei er sich eines frechen Grinsens nicht erwehren konnte. »Es scheint, als hättet Ihr unmittelbar nach unserer Begegnung vergessen, dass wir ein Abkommen getroffen hatten.«

»Es scheint«, entgegnete Kaspar, »als hättet Ihr von Anfang an vergessen, zu erwähnen, dass Ihr kein Herr von Stand, sondern ein gewöhnlicher Zuckerbäcker seid.«

»Nun, als König der Zuckerbäcker denke ich, dass ich weitaus mehr bin als ein gewöhnlicher Vertreter dieses ansonsten überaus ehrbaren Standes. Ihr habt mich nicht gefragt, sodass ich keinen Anlass zur Klärung sah. Zumal Ihr diejenigen wart, die zunächst mich in aller Form um eine Audienz batet. Außerdem haben Ali und ich Euch überholt. Und zu guter Letzt: Ist der Messias nicht der Erlöser *aller* Menschen? Der Könige ebenso wie der Zuckerbäcker?«

Die drei Könige schwiegen betreten. Schließlich sagte Melchior: »Lasst uns vielleicht festhalten, dass auf beiden Seiten Fehler gemacht wurden. Doch da wir letzten Endes alle dasselbe Ziel verfolgen, wollen wir diese Fehler der Vergangenheit anheimfallen lassen. Mein Vorschlag daher: Lasst unseren Zwist ruhen und den Rest der Reise gemeinsam begehen.«

Alle sahen einander an, nickten ob dieser weisen Worte und begannen, ihr Nachtlager aufzuschlagen.

Abends am Feuer berieten sie, welcher Weg nun einzuschlagen sei. Ob sie weiter der Seidenstraße folgen oder quer durch die Assyrische Wüste reiten sollten.

»Die Zeit drängt«, mahnte Balthasar. »Der Stern wird langsamer und es sieht so aus, als stehe er bald zur Gänze still. Wir müssen uns beeilen, sonst ist womöglich alles verloren. Ich schlage daher vor, wir nehmen den kürzeren Weg durch die Wüste.«

»Der kurze Weg muss nicht unbedingt der schnellste sein«, entgegnete Melchior. »Die Wüste ist gefährlich, und wir wissen nicht, was uns dort erwartet. Die Karawanenstraße bietet sehr viel mehr Sicherheit.«

»Beide Wege sind beschwerlich und voller Gefahren«, sagte Kaspar. »Auf der Karawanenstraße sind sicher mehr Räuber zu befürchten, für die unsere kleine Gemeinschaft ein Leckerbissen sein könnte. Aber um uns einer großen Gruppe anzuschließen, was natürlich sicherer wäre, – dafür fehlt uns die Zeit. In der Wüste hingegen droht der Tod durch Verdursten.«

»Leider können wir keinen fliegenden Teppich nehmen«, warf Balthasar sarkastisch ein. »Aber irgendwie müssen wir doch nach Jerusalem kommen, und zwar schnell.«

Melchior bemerkte, wie Ali Anapli etwas ins Ohr flüsterte. »Nicht so schüchtern, junger Zuckerbäcker. Wenn du etwas zu sagen hast, so lass uns an deiner Weisheit teilhaben.«

Ali errötete. »Ich sagte meinem Meister, dass wir hier in Akkad sicher einen Beduinenführer finden könnten. Die Beduinen kennen die Wüste und ihre Wege. Sie leben in ihr, und sie wissen, wo geheime Brunnen zu finden sind.«

»Dein junger Freund hat nicht ganz unrecht, Anapli. Auf diese Weise könnten wir die Wüste bewältigen und womöglich mehrere Tagesreisen einsparen. Ich bin dafür, wir erkundigen uns nach einem guten Führer.«

Alle anderen – und nach anfänglichem Zögern sogar Melchior – zeigten sich einverstanden. Balthasar schlug vor, Ali mit der Suche nach einem Führer zu beauftragen. Dieser ließ sich das nicht zweimal sagen. Er sprang sofort eifrig auf, wandte sich um und verschwand in der Dunkelheit.

Es war mitten in der Nacht, als Ali in Begleitung eines schweigsamen, ernst dreinblickenden, an seiner Kleidung als Beduine erkennbaren Mannes, der sich ihnen als Khalil vorstellte, zurückkehrte.

»Es war gar nicht einfach, um diese Tageszeit einen Führer zu finden«, sagte er. »Doch Khalil wurde mir von vielen Männern, die ich fragte, als der beste gepriesen.«

Schnell wurde man mit dem Beduinen Khalil handelseinig, und alle gingen müde zu Bett.

* * *

Früh am nächsten Morgen bauten sie ihre Zelte ab, beluden ihre Kamele und machten sich auf den Weg durch die Assyrische Wüste. Khalil wurde seines Rufes gerecht und erwies sich als kundiger Führer, der die kleine Karawane mit sicherer Hand unerbittlich durch die unwirtliche Landschaft trieb. Der Weg durch die Wüste war, man kann es nicht anders sagen, eine elende Schinderei für Mensch und Tier, und alle waren froh, als sie nach neun Tagen vor den Mauern Jerusalems standen. Khalil wurde reich belohnt entlassen, und Kaspar, Melchior und Balthasar machten sich umgehend auf den Weg zum Palast des Herodes.

»Mein lieber Anapli«, hatte Melchior zuvor erklärt, »zwar haben wir mittlerweile dich und deine bodenständige Lebenserfahrung sehr zu schätzen gelernt, aber diesen Weg gehen wir besser ohne dich. Von König zu König spricht es sich einfach leichter.«

»Ich frage mich ohnehin«, hatte Anapli geantwortet, »warum ihr diesen Herodes überhaupt aufsucht. Immerhin ist er der einzige, der mit der Ankunft des Königs der Juden etwas zu verlieren hat. Das erweckt nicht gerade mein Vertrauen in ihn.«

»Du solltest nicht immer in solchen profanen kaufmännischen Kategorien denken«, hatte Balthasar erwidert. »Könige sind edlen Geblüts und stehen über den gemeinen Fragen von Kosten und Nutzen. Natürlich wird er uns helfen.«

Und so hatten sie sich auf den Weg zu Herodes gemacht und Anapli mit seinen Zweifeln und Bedenken allein im Lager zurückgelassen.

Als die drei Könige nach mehreren Stunden zurückkehrten, teilten sie Anapli, nicht ohne ein kleines, etwas selbstgefälliges Lächeln auf ihren Lippen, mit, dass Herodes sie überaus freundlich aufgenommen und seiner vollsten Unterstützung versichert habe. Alle Gelehrten habe er sofort zusammengerufen, und nun seien die dabei, die alten Prophezeiungen durchzusehen und nach Angaben zum Geburtsort des Messias zu suchen. Leider habe Herodes keine Zeit mehr gefunden, ihnen etwas zu Essen anzubieten, darum sollten sie sich jetzt alle hinsetzen, um sich zu stärken. Anapli war zwar noch immer nicht überzeugt, behielt seine Zweifel aber vorerst für sich.

Sie saßen immer noch beim Essen, als ein Bote des Herodes zu ihnen trat. Es gebe neue Informationen, und Herodes bitte die Könige daher, ihn noch einmal aufzusuchen. Kaspar, Melchior und Balthasar erhoben sich und folgten dem Boten umgehend in den Palast.

»Diesmal bleibe ich aber nicht zurück«, brummelte Anapli. »Ich will selber sehen, was für ein König dieser Herodes ist.« Er sprang auf und ging den vieren hinterher.

* * *

»Was willst du schon wieder hier?«, fragte Balthasar unwillig, als Anapli sie am Palasttor einholte. »Du bist kein König, und dies hier ist eine königliche Angelegenheit!«

»Papperlapapp!«, entgegnete Anapli. »Wir haben beschlossen, diese Reise zu viert zu begehen, also gehe ich auch mit zu dieser Audienz. Und immerhin bin ich König der Zuckerbäcker im Zweistromland!«

Balthasar hub zu einer heftigen Erwiderung an, als Melchior ihm begütigend die Hand auf den Arm legte und sprach: »Streitet euch nicht. Es ist, wie es ist. Dann soll er eben mitkommen.« Und so betraten alle vier unter Führung des Boten den Palast des Herodes.

Solch einen Prunk hatte Anapli noch nie zuvor in seinem Leben gesehen. Goldbeschlagene Wände, verziert mit kunstvollen Ornamenten, mit Edelsteinen besetzte Türen. Der Zuckerbäcker fühlte sich wie erschlagen.

Vor dem Thronsaal hieß man sie, zu warten, während ein Herold sie ankündigte. Kurz darauf wurden sie gebeten einzutreten.

Anapli stockte der Atem, als er den Thronsaal betrat. Was sie bisher an Pracht und Prunk gesehen hatten, wurde hier bei Weitem noch übertroffen. Ganz am Ende des großen Saals stand auf einem Podest ein goldener Thron, vor dem sich eine Gruppe von Männern mit Schriftrollen in den Händen in einer heftigen Diskussion befand. Ganz offensichtlich handelte es sich bei ihnen um die Schriftgelehrten, die Herodes herbeigerufen hatte.

Auf dem Thron selber saß ein Mann, stämmig und mittelgroß, in feinste Gewänder gehüllt, mit einem etwas grimmigen, von lockigen grauen Haaren und einem ebensolchen Bart rundum eingerahmten Gesicht. Auf seinem Haupt thronte ein golddurchwirkter, mit Rubinen und Saphiren besetzter Kopfputz. Kein Zweifel, dies war er: Herodes, der König von Judäa.

»Bethlehem!«, rief er, als er der Ankömmlinge gewahr wurde. »Es ist Bethlehem, wie es der Prophet Micha geweissagt hat!«

»Bethlehem?«, fragte Kaspar erstaunt. »Nie zuvor habe ich diesen Namen vernommen.«

»Ein unbedeutendes Städtchen südlich Jerusalems, nicht weit von hier, an der Straße nach Efrata«, sagte Herodes mit einer geringschätzigen Geste. »Kaum zu glauben, dass sich der Messias ein solches Hirtendörfchen als Geburtsort ausgesucht haben soll.«

»Mit Verlaub, Herr«, warf ein dürrer, hoch aufgeschossener Gelehrter mit besonders vielen Schriftrollen ein, »Bethlehem *ist* Efrata. Und nicht nur hat Jakob dort Rachel beerdigt, es ist auch der Herkunftsort König Davids.«

»Und außerdem«, ergänzte ein kleiner, runder Gelehrter mit einer hell glänzenden Glatze und nur einer Schriftrolle in der Hand, »ist Micha hier eindeutig: ›Du, Bethlehem, im Gebiet von Juda, bist keineswegs die unbedeutendste unter den führenden Städten von Juda; denn aus dir wird ein Fürst hervorgehen, der Hirt meines Volkes Israel.‹ Bethlehem ist eindeutig die Antwort!«

»Geht, meine Freunde«, wandte sich Herodes, die Einwände der Gelehrten beiseite wischend, wieder an die drei Könige und Anapli, »ziehet nach Bethlehem, forschet nach und findet dieses Kind, das der Messias sein soll. Dann kehrt zurück zu mir, gebt mir Kunde, auf dass ich selber ziehen kann, dem neuen König der Juden zu huldigen.«

Und somit verabschiedeten sich die vier, begaben sich zurück in ihr Lager und legten sich schlafen. Allein Anapli fiel es schwer, Ruhe zu finden. Am liebsten wäre er sofort aufgebrochen. Vor allem aber musste er ständig an Herodes denken, dem er zutiefst misstraute. »Wenn ich je einen schlechten Menschen gesehen habe, dann ihn. Ich muss unter allen Umständen verhindern, dass die Könige zu ihm nach Jerusalem zurückkehren.« Dann sank auch er in einen unruhigen Schlaf.

* * *

Am nächsten Morgen bepackten sie ihre Kamele und machten sich auf den Weg. Alle waren sie sehr aufgeregt, die Luft schien vor Spannung förmlich zu knistern. In nur wenigen Stunden würden sie wahrscheinlich dem Messias gegenübertreten, dem Erlöser, dem Geweissagten. Alle überprüften noch einmal, ob ihre Geschenke griffbereit waren: Gold, Weihrauch, Myrrhe, Marzipankugeln (welche die lange Reise erstaunlich gut überstanden hatten, was Anapli als Zeichen des Himmels wertete, die richtige Entscheidung getroffen zu haben).

Um die Mittagszeit erreichten sie Bethlehem, wo sie zunächst an verschiedenen Herbergen anklopften, um sich nach einem neugeborenen Kind zu erkundigen. Doch überall wurden sie abgewiesen. Erst an der letzten Herberge, die schon beinahe wieder außerhalb Bethlehems lag, hatten sie den erhofften Erfolg.

»Ein neugeborenes Kind?«, fragte der Wirt. »Natürlich gibt es hier ein neugeborenes Kind. Die Eltern sind aus Nazareth. Sie sind hier, wegen der Eintragung in die Steuerlisten. Nette Leute, die vergeblich nach Herberge suchten. Aber alle Häuser hier in Bethlehem waren voll, auch das meine. Sie dauerten mich, deswegen habe ich ihnen einen Stall draußen auf dem Felde angeboten, den sie dann auch gerne annahmen. Aber dort geschehen wunderliche Dinge. Ein heller Stern steht am Himmel, wie ich noch keinen gesehen habe. Und vor einigen Nächten, als das Kind geboren wurde, erklang lauter Gesang. Die Worte habe ich nicht verstanden, aber es kam eindeutig aus Richtung des Stalles. Auch die Hirten verhalten sich äußert merkwürdig. Sie reden von einem Messias, einem Erlöser. Ein paar von ihnen sind verschwunden, nachdem sie etwas von einer frohen Botschaft geredet haben, die sie verkünden wollten. Seltsam, all das. Ihr findet den Stall, wenn Ihr in dieser Richtung weiterreitet.« Der Wirt zuckte hilflos mit den Schultern. »Wir leben in merkwürdigen Zeiten«, sagte er noch, dann drehte er sich um und kehrte in sein Haus zurück.

* * *

Die vier Könige sahen sich an. Jeder einzelne von ihnen spürte gleichermaßen freudige Erregung wie auch bange

Erwartung. Wie würde die kurz bevorstehende Begegnung mit dem Messias verlaufen? Konnte er es überhaupt sein? Er, der Messias, der neue König der Juden? In einem Stall? Der Gedanke an sich war kaum vorstellbar.

Schließlich war es Anapli, der die Starre auflöste, indem er sich als erster auf sein Kamel schwang und die anderen drei dabei auffordernd ansah. »Los«, sagte er. »Wir sind tagelang auf diesen schwankenden Kamelen geritten, haben Wüsten durchquert und einen seltsamen König getroffen, nur für diesen einen Moment. Dann lasst uns auch jetzt nicht länger zögern. Der Messias wartet.«

»Wenn er es denn wirklich ist«, brummte Balthasar und stieg auf sein Kamel. Kaspar und Melchior taten es ihm gleich. Schweigend ritten sie in die Richtung, die ihnen der Herbergswirt gewiesen hatte.

Es dauerte nicht lange, da erreichten sie einen aus Holz errichteten Stall mit einem Strohdach. Er hatte seine besten Tage bereits hinter sich und sah ein wenig aus, als könnte er jeden Moment zusammenbrechen. Um den Stall herum saßen etliche Hirten, teils schweigend, teils in leise Gespräche vertieft, einige still betend. Nur wenige unter ihnen nahmen von ihrer Ankunft Notiz.

Stumm stiegen die vier von ihren Kamelen und betraten einer nach dem anderen den baufälligen Stall. Doch seltsam. Kaum hatten sie ihn betreten, bemerkten sie, wie das Innere in ein sanftes, beinahe magisches Licht getaucht war, dessen Herkunft sich nicht feststellen ließ. War es die Sonne, deren Strahlen durch Ritzen im Strohdach und den Holzwänden ihren Weg in den Stall fanden? Oder waren es Mutter und Kind, die wie von innen heraus glühten? Aber dies war nicht wichtig. Denn in dem Moment, in dem sie das Kind sahen, offenbarte sich ihnen die Wahrheit. Dies hier war er, der Heiland, der Messias, der, welcher den Menschen Frieden bringen würde. Ihrer aller Erlöser. Und gleichzeitig verstanden sie. Dieser Stall war der einzige Ort, an dem der König der Welt geboren werden konnte, ja musste. Als Zeichen, dass er Freund und Bruder aller, wirklich *aller* Menschen war, ohne jedes Ansehen von Stand und Person. Andächtig knieten sie nieder vor der Krippe mit dem Kind und beteten, dankten Gott, dass er sie auf ihren Weg geschickt und sie sicher ans Ziel geführt hatte.

»Ihr seht aus, als hättet ihr einen weiten Weg hinter euch«, sagte Maria freundlich lächelnd.

»Leider haben wir nicht viel, mit dem wir euch bewirten könnten«, fügte Josef hinzu. »Aber alles, was wir haben, werden wir gerne mit euch teilen.«

Die vier Könige nahmen dieses Angebot dankend an. Nachdem sie sich gestärkt hatten, bereiteten Kaspar und Balthasar aus Myrrhe und Weihrauch das Salböl vor, mit dem sie das Kind vorsichtig zum König und Messias salbten. Maria und Josef bedankten sich, auch für Melchiors Gold, das sie an die Hirten draußen vor dem Stall verteilten.

»Ich bin kein echter König, so wie jene drei«, sagte Anapli, »sondern werde nur so genannt. Mein Geschenk ist weit weniger wertvoll als die Gaben meiner drei Gefährten. Doch hat es einen nicht minder weiten Weg hinter sich und kommt von Herzen.« Er überreichte Maria einen kleinen Tonkrug. »Diese Marzipankugeln habe ich selber hergestellt und den ganzen Weg über behütet, einzig für diesen Moment. Bitte nehmt sie als meine unbedeutende Gabe an den Erlöser.«

»Kein Geschenk, das von Herzen kommt, ist unbedeutend, du König der Zuckerbäcker«, sagte Maria, indem sie lächelnd den Tonkrug annahm. In einem hölzernen Schälchen zerdrückte sie eine der Marzipankugeln und verrührte sie mit etwas Milch zu einem dünnen Brei. Sie nahm ein wenig davon auf ihren Zeigefinger und legte ihn dem Kind an die Lippen. Zunächst zaghaft, dann immer fordernder leckte das Kind den Finger seiner Mutter ab, die ihn immer aufs Neue mit Marzipanmilch benetzte. Ein Lächeln breitete sich auf dem Gesicht des Kindes aus, und Anapli verspürte ein tiefes Glücksgefühl: Der Messias hatte sein Geschenk angenommen.

Damit endet unsere Geschichte von Anapli, dem Zuckerbäcker aus Seleukia. Es soll hier nicht mehr davon berichtet werden, dass Anapli es war, der Kaspar, Melchior und Balthasar davon überzeugte, einen anderen Heimweg zu nehmen und somit den zwielichtigen Herodes nicht noch einmal aufzusuchen. Auch sein Ratschlag an Maria und Josef, das Gebiet um Bethlehem und Jerusalem schnell zu verlassen und sich für eine Zeit lang nach Ägypten zu begeben, ist eine andere Geschichte. Ebenso wenig wollen wir darüber spekulieren, aus welchen mysteriösen Gründen Anapli in keinem der Berichte über die damaligen Ereignisse Erwähnung findet.

Was jedoch noch gesagt sein soll, ist, dass sowohl die drei Könige Kaspar, Melchior und Balthasar als auch Anapli und sein treuer Ali heil und unbeschadet nach Hause gelangt sind. Lilith war froh, dass ihr Mann alles überstanden und wohlbehalten zu ihr zurückgekehrt war, um mit ihr nun wieder das süße Leben eines Zuckerbäckerehepaars zu führen.

Uns aber wird Aschurbanapli, Zuckerbäckermeister aus Seleukia, immer als das in Erinnerung bleiben, was er wirklich war: der vierte König.

XIV

Nachdem Josep geendet hatte, herrschte tiefes Schweigen. Aufgeregt und etwas ängstlich betrachtete er Mireia. Ob ihr die Geschichte gefallen hatte? Vielleicht fand sie sie schlecht, kitschig. Oder er hatte ihr zu sehr in die biblische Vorlage eingegriffen, indem er einen vierten König erfunden hatte (manchmal konnte Mireia da ganz rigoros sein). Und jetzt saß sie da und sah Juan an, ja, sie reagierte gar nicht. Mist, seine Geschichte gefiel ihr sicher nicht. Wahrscheinlich war er einfach kein guter Autor, er sollte sich wohl einen anderen Beruf überlegen, zum Schreiben musste man geboren sein, und das war er ganz offensichtlich nicht. Wahrscheinlich dachte Mireia jetzt fieberhaft darüber nach, wie sie ihm das sagen sollte, dass er kein Talent habe. Dass er besser etwas anderes machen solle, vielleicht etwas Handwerkliches. Auf jeden Fall nichts künstlerisch Kreatives, so wie Schreiben. Vielleicht würde sie sich von ihm trennen, weil sie ihn für einen Hochstapler hielt, der nur vorgab, ein Schriftsteller zu sein, um damit anzugeben, aber eigentlich war er nur ein Versa...

»Josep«, sagte Mireia.

Ja, jetzt kam sie, die bittere, vernichtende Wahrheit. Er hatte sie zutiefst enttäuscht. Jetzt würde sie ihm erklären, dass es aus sei zwischen ihnen beiden. Er würde Juan nie mehr wiedersehen. Gut, Jacques' Geld konnte sie haben, sie würde es brauchen mit dem Jungen. Er würde schon irgendwie zurechtkommen.

»Josep«, wiederholte sie, »hörst du mir zu?«

Sein Mund war absolut trocken, er nickte und krächzte: »Ja, ich höre.« Vorbereitet auf das Schlimmste, was da jetzt mit Sicherheit kommen würde. Er räusperte sich und sagte noch einmal: »Ich höre dir zu.«

»Josep, *meu amor*, deine Geschichte …«

»Ja, ich weiß, sie klingt unfertig, und ich muss sie noch ein paarmal überarbeiten. Außerdem habe ich sie ja nur aus dem Gedächtnis erzählt, weißt du. Das Skript ist wesentlich ausgefeilter, die Charaktere sind klarer, prägnanter, die Beschreibungen der Landschaften, des Königspalastes …«

»Josep, sei bitte für einen Moment still. Bitte.«

Joseps Redeschwall brach ab. Angstvoll sah er Mireia an. Die plötzlich laut loslachte. Was, so schlimm war seine Geschichte? Lächerlich? Er spürte, wie er kurz davor war, in Tränen auszubrechen. Nein, das durfte jetzt nicht geschehen. Auf keinen Fall weinen.

»Josep«, fing Mireia erneut an, »mein lieber, wunderbarer Josep.« Seltsam, jetzt glänzten ihre Augen, so als würde sie gleich weinen. Aber eben hatte sie doch noch gelacht. Und jetzt weinen? Wieso sie? Sie hatte doch nicht versagt.

»Deine Geschichte vom vierten König ist mit das Bezauberndste, was ich seit Langem gehört habe.« Ja, natürlich, sie fand es … Moment. Was hatte sie gesagt? Bezaubernd?

»Ich liebe deinen Anapli. Er ist so mutig, obwohl er ein einfacher Mann ist. Gut, kein wirklich einfacher Mann, er ist ein berühmter Zuckerbäcker. Aber wie er die Gelegenheit nutzt, sich mit den Heiligen Drei Königen auf den

Weg zu machen und sich dann auf so vielfältige Weise bewährt … es ist so wunderschön erzählt. Und es bringt mich zum Weinen, weil es mich so tief berührt. Josep, du bist ein wunderbarer Erzähler. Ich möchte gerne noch so viel Neues von dir lesen. Du kannst wirklich stolz auf diese Gabe sein.«

Josep starrte sie völlig entgeistert an. »Du … es gefällt dir? Wirklich? Du willst dich nicht von mir trennen?«

»Von dir trennen? Wieso?«

»Weil … weil ich ein Versager bin, deswegen.«

»Du bist ein Versager? Wer sagt das?«

»Na, du. Nein. Ich meine natürlich ich. Ich meine … es gefällt dir wirklich?«

»Ja, sage ich doch.«

»Und das sagst du nicht nur, um mich nicht zu verletzen?«

»Weshalb sollte ich das tun?«

»Du meinst es also richtig ernst?!«

»Ja, natürlich. Warum sollte ich es sonst sagen?«

»Um mich nicht zu verletzen.«

»Jetzt hör' aber endlich auf mit diesem Unsinn!« Mireia klang dabei richtig streng. »Deine Geschichte gefällt mir, sehr sogar. Und das meine ich ernst. Und jetzt ist Schluss mit deinen Zweifeln. Hör auf damit! Verstanden?«

Josep konnte nur mit offenem Mund nicken. Er war selig. Mireia mochte seine Geschichte. Sie hatte sogar geweint. Oder zumindest fast geweint. Selig kuschelte er sich an sie. Ihm fehlten die Worte, wobei er sich nicht sicher war, ob das einem angehenden Autor angemessen war. Aber das war ihm egal. »T'estimo carinya«, war alles, was er noch sagen konnte.

Eine Weile lagen sie still nebeneinander. Dann schliefen sie ein.

* * *

Ein heftiges Klopfen an der Tür riss sie alle drei aus ihrem Schlummer. Juan erinnerte sich daran, was er seiner Position als neugeborenem Baby schuldig war und fing lauthals an zu weinen. Mireia versuchte, ihn zu trösten, während Josep zur Tür ging und sie öffnete. Draußen stand überraschenderweise Joan in seinem Bergwacht-Parka.

»Hallo ihr beiden. Geht es euch gut? Ich hatte mir schon Sorgen gemacht. Und als dann dieser *francès* vorbeikam und mir erzählte, dass er euch hier getroffen habe und das mit dem Kind, da habe ich sofort eine Meldung an die Rettungszentrale abgesetzt und bin sofort selber los, um nach euch zu sehen. Ist alles in Ordnung? Und wo ist dieses Kind, ich will auf der Stelle das Kind sehen! Junge oder Mädchen? Hoffentlich ein Junge, für Josep wäre das sicher einfacher. Aber versteh' mich nicht falsch, Mireia, auch ein Mädchen wäre ganz wunderbar. Ist es das? Das Kind, meine ich. Was ist das für ein Fell?«

»Beruhige dich Joan. Alles ist in Ordnung. Und wenn du etwas zu essen bei dir hast, dann ist sogar alles perfekt«, unterbrach Mireia seinen Redeschwall.

»Ja, sicher, ich habe Brot und Käse und von dem guten Schinken, den du so gerne magst. Es ist reichlich. Obwohl ich nicht glaube, dass so ein Kind mit Schinken viel anfangen kann.«

»Um das mit dem Kind werde ich mich schon kümmern«, sagte Mireia lachend. »Jetzt komm rein und erzähle. Was ist das mit diesem *francès?*«

»Na ja, er klopfte heute gegen Mittag bei mir an. Ich dachte zunächst, ihr wäret zurückgekommen. ›Warum klopfen die beiden denn, das machen sie doch sonst nicht‹, habe ich gedacht. Und wie ich die Tür öffne, will ich schon eine entsprechende Bemerkung machen, da sehe ich diesen fremden Mann mit dem riesigen Rucksack. Er fragt mich, ob ich Joan sei, was ich natürlich auch war. Und auch immer noch bin, natürlich. Er sagt, er habe euch getroffen, hier in diesem *abri*. Und dass du dein Kind bekommen hättest und ihr schnellstmöglich dort, also hier, heruntergeholt werden müsstet. Er sagt, sein Telefon sei doch nass geworden, deswegen habe er sich entschieden, mich persönlich zu informieren. Und dann sagt er, er müsse weiter, und da war er schon fort. Ein komischer Kerl, eigentlich nicht unsympathisch, aber auch seltsam.«

Josep und Mireia sahen sich an.

Dann reichte Mireia Josep den schlafenden Juan und sagte: »Joan. Es ist alles ganz wunderbar gelaufen. Josep hat mir bei der Geburt des kleinen Juan …«

»Ach, er heißt wie ich? Das freut mich aber!«

»Fast. Er heißt Juan mit einem ›u‹. Spanisch. Und nein, ich will darüber jetzt nicht diskutieren, Joan. Es ist so, und damit ist es gut. Also, Josep war ein ganz wunderbarer Geburtshelfer, und alles lief ganz wie von selbst. Der *francès* kam hier an, als alles vorbei war. Er wartete den Sturm ab und ging dann weiter. Eigentlich wollte er weiter unten, wo es wieder Netz gibt, die Bergwacht anrufen, aber wie du sagst, war sein Telefon kaputt. Weißt du, er war weiter unten auf der französischen Seite in den See gefallen, dabei muss es nass geworden sein. Wir hatten ihm erzählt, dass wir den Winter im *refugio* verbringen, gemeinsam mit dir.

Und deswegen hat er sich wohl bei dir persönlich gemeldet, als er merkte, dass er nicht telefonieren konnte. Das ist eigentlich alles.«

»Aber warum ist er so schnell verschwunden?«

»Joan, bitte. Lass uns dieses Thema nicht weiter vertiefen. Überlege mal genau, wie es wirklich gewesen sein könnte. Du hast dir Sorgen gemacht, weil wir nicht zurückgekommen waren und dann der Schneesturm ausbrach. Die ganze Nacht hast du nicht geschlafen, erinnerst du dich? Und dann, heute Morgen, als der Sturm abgeflaut war, hast du es nicht mehr ausgehalten, hast die Rettung angefunkt und bist losgegangen, um uns zu suchen. Du hast uns hier gefunden, und damit ist alles gut und in Ordnung.«

»Ja aber … der *francès?*«

Mireia sah Joan tief in die Augen. »Was für ein *francès?* Denk noch einmal genau darüber nach. War da wirklich ein *francès?* Bist du dir ganz sicher? Vielleicht hast du gestern, als du dir Sorgen gemacht hast, einen Anis getrunken. Vielleicht auch zwei oder drei oder so. Und du weißt ja, dass so ein Anis über den Durst einem schon auch mal einen Streich spielen kann, nicht wahr? Deswegen … und ich bin mir sicher … war da wahrscheinlich gar kein *francès.* Du warst noch etwas benebelt, aber der Gang durch den Schnee und die kalte Luft hat dich wieder klar gemacht.«

»Mireia, willst du damit sagen, ich habe mir das nur eingebildet? Das ist völliger Unsinn!«

»Joan, das will ich gar nicht sagen. Ich bitte dich nur als mein guter Freund, das mit dem *francès* zu überdenken und zu dem Schluss zu kommen, dass da keiner war. Du hast nie jemanden mit einem großen Rucksack gesehen. Punkt. Einverstanden?«

»Das heißt, er ist so etwas wie auf der Flucht?«

»Wer?

»Na der … ich verstehe. Ja, ja, ich habe wohl gestern Abend aus Sorge einen zuviel getrunken. Du weißt ja, das kommt schon mal bei mir vor. Ich denke, ich sollte da in Zukunft besser aufpassen. Jetzt sehe ich schon fremde Männer, einfach lächerlich.«

»Ja«, sagte Mireia mit einem breiten Lächen. »Das solltest du wohl. Danke, Joan, du bist einfach der beste.« Sie umarmte ihn fest. »Und jetzt wäre ich bereit für das Brot und den Schinken. Und natürlich auch den Käse.«

Sie nahm Josep wieder das Kind ab, und sie alle drei setzten sich auf den Boden und genossen ausgiebig den Proviant, den Joan mitgebracht hatte. Danach räumten Josep und Joan den *abri* wieder ein wenig auf, als plötzlich das Geräusch eines sich nähernden Hubschraubers zu hören war.

»Das ist die Bergwacht. Sie kommen, euch zu holen«, sagte Joan. »Ich bleibe hier und gehe zu Fuß zurück ins *refugio*. Kommt ihr später, wenn alles erledigt ist, wieder hoch zu mir?«

Josep und Mireia sahen sich an. »Wir haben ja sonst nichts, wo wir hinkönnen«, sagte Mireia. »Ich würde gerne bis zum Frühjahr in den Bergen bleiben, was meinst du, Josep?«

»Ja, das würde mir auch gefallen. Wir haben sowieso noch unsere ganzen Sachen dort.«

»Vielleicht fliegen uns deine Kollegen ja wieder hoch, denn der kleine Juan ist sicher noch kein begeisterter Bergsteiger.«

In diesem Moment landete draußen vor dem *abri* unter großem Getöse der Hubschrauber.

Nachwort

Es war im Jahr 2013, dass ich zum ersten Mal in Zusammenarbeit mit Kantor Christof Wünsch in der Schwenninger Pauluskirche zur Adventszeit eine Lesung mit musikalischer Umrahmung hielt. Diese kam sowohl bei den Beteiligten als auch beim Publikum so gut an, dass wir eine solche Lesung von da an in jedem Jahr unter jeweils anderer Thematik wiederholten.

2019 war, was damals noch keiner wusste, die letzte Lesung vor der Coronaunterbrechung. Ich hatte damals im Vorfeld überlegt, angeregt von Wilhelm Hauffs ›Märchenalmanache‹, eine Art ›Weihnachtsgeschichtenalmanach‹ zu schreiben, also drei Geschichten, eingebettet in eine Rahmenhandlung. Nun, die drei Geschichten (›Mémé Paulette‹, ›Yaron‹ und ›Wie Weihnachten in den Wald kam‹) wurden fertig und konnten vorgetragen werden. Die Rahmenhandlung ›Nacht in den Bergen‹ hingegen wurde als Fragment beiseitegelegt.

Zu Weihnachten 2022 beschlossen Lucrezia und ich, endlich das zu tun, was wir schon lange geplant hatten: Wir wollten für Weihnachten Marzipankartoffeln herstellen, so richtig, von Anfang an, mit Mandeln, Zucker und Rosenwasser, ganz traditionell. Während wir mit Feuereifer tätig waren, fingen wir an, uns eine Geschichte über Marzipankartoffeln auszudenken. Anfangs deutete die in alle möglichen Richtungen. Durch eine leichte Überdosierung an Rosenwasser, was unserem Marzipan eine orientalische Note gab, lief es dann aber schnell auf die Figur des Anapli, des Königs der Zuckerbäcker aus dem Zweistromland hinaus. Anapli gefiel uns beiden so gut, dass wir anfingen, seine Geschichte immer weiter zu spinnen und aufzuschreiben, sodass sie pünktlich zu Dreikönig 2023 fertig war (zu diesem Zeitpunkt waren alle Marzipankartoffeln bereits aufgegessen). Wir nannten die Geschichte »Der vierte König«, hatten unsere Freude daran und legten sie ebenfalls beiseite.

Als es dann an die Planung für die Adventslesung 2023 ging, fiel mir »Der vierte König« wieder ein. Ich kramte die Geschichte hervor, las sie und fand, dass sie für den Zweck einer Adventslesung eigentlich gut geeignet sei. Lucrezia war derselben Meinung.

Beim Kramen war ich aber auch auf mein Fragment der Rahmenhandlung gestoßen. Ich überlegte mir, unseren »vierten König« hinzuzufügen und die Geschichte endlich abzuschließen. Lucrezia fand die Idee wunderbar, und daraus wurde dann mein diesjähriges Herbstprojekt.

Jetzt bin ich stolz und glücklich, für die ›Nacht in den Bergen‹ nicht nur einen Abschluss geschafft zu haben, sondern ganz besonders auch darüber, in diesem Rahmen eine Geschichte zu veröffentlichen, die Lucrezia und ich gemeinsam geschrieben haben.

Jörg Wenzler